KB240841

Hye Won World Best

Hye Won World Best 02

진달래꽃

김소월 지음

惠園出版社

한때는 많은 날을 당신 생각에
밤까지 새로운 일도 없지 않지만
아직도 때마다는 당신 생각에
때묻은 베갯가의 꿈은 있지만

「님에게」 中에서

일러두기

1. 표기법은 가급적 원문에 충실했으나, 원문을 훼손하지 않는 범위 내에서 현대 표기법을 따랐다.
2. 띄어쓰기 · 외래어 등을 현대 표기법으로 고쳤다.
3. 방언이나 이해하기 어려운 단어는 번호를 지정해 작품 말미에 뜻 풀이를 해놓았다.

차   례

가는 길

그립다
말을 할까
하니 그리워

그냥 갈까
그래도
다시 더 한 번……

저 산에도 까마귀, 들에 까마귀,
서산에는 해진다고
지저귑니다.

앞 강물, 뒷 강물,
흐르는 물은
어서 따라오라고 따라가자고
흘러도 연달아 흐릅디다려.

가는 봄 삼월(三月)

가는 봄 삼월, 삼월은 삼질
강남 제비도 안 잊고 왔는데.
아무렴은요
설게 이때는 못 잊게, 그리워.

잊으시기야, 했으랴, 하마 어느 새,
님 부르는 꾀꼬리 소리.
울고 싶은 바람은 점도록 부는데
설리도 이때는
가는 봄 삼월, 삼월은 삼질.

가을 아침에

아득한 퍼스레한 하늘 아래서
회색의 지붕들은 번쩍거리며,
성깃한 섶나무의 드문 수풀을
바람은 오다가다 울며 만날 때,
보일락말락하는 멧골에서는
안개가 어스레히 흘러 쌓여라.

아아 이는 찬비 온 새벽이러라.
냇물도 잎새 아래 얼어붙누나.
눈물에 싸여 오는 모든 기억은
피 흘린 상처조차 아직 새로운
가주난 아기같이 울며 서두는
내 영(靈)을 에워싸고 속살거려라.

「그대의 가슴 속이 가비얍던 날
그리운 그 한때는 언제였었노!」
아아 어루만지는 고운 그 소리
쓰라린 가슴에서 속살거리는,
미움도 부끄럼도 잊은 소리에,
끝없이 하염없이 나는 울어라.

가을 저녁에

물은 희고 길구나 하늘보다도.
구름은 붉구나, 해보다도.
서럽다, 높아가는 긴 들 끝에
나는 떠돌며 울며 생각한다, 그대를.

그늘 깊어 오르는 발 앞으로
끝없이 나아가는 길은 앞으로.
키 높은 나무 아래로, 물 마을은
성깃한 가지가지 새로 떠오른다.

그 누가 온다고 한 언약도 없건마는!
기다려 볼 사람도 없건마는!
나는 오히려 못물가를 싸고 떠돈다.
그 못물로는 놀이 잦을 때.

강촌(江村)

날 저물고 돋는 달에
흰 물은 쏼쏼……
금 모래 반짝……
청노새 몰고 가는 낭군!
여기는 강촌
강촌에 내 몸은 홀로 사네.
말하자면, 나도 나도
늦은 봄 오늘이 다 진토록
백년처권(百年妻眷)을 울고 가네.
길새 저문 나는 선비,
당신은 강촌에 홀로 된 몸.

개아미

진달래꽃이 피고
바람은 버들가지에서 울 때,
개아미는
허리 가늣한[1] 개아미는
봄날의 한나절, 오늘 하루도
고달피[2] 부지런히 집을 지어라.

---

1) 가늣한 — 약간 가늘고 긴.
2) 고달피 — 고달프게.

개여울

당신은 무슨 일로
그리합니까?
홀로이 개여울에 주저앉아서

파릇한 풀포기가
돋아나오고
잔물은 봄바람에 헤적일 때에

가도 아주 가지는
않노라시던
그러한 약속이 있었겠지요

날마다 개여울에
나와 앉아서
하염없이 무엇을 생각합니다

가도 아주 가지는
않노라심은
굳이 잊지 말라는 부탁인지요

개여울의 노래

그대가 바람으로 생겨났으면!
달 돋는 개여울¹⁾의 빈 들 속에서
내 옷의 앞자락을 불기나 하지.

우리가 굼벵이로 생겨났으면!
비 오는 저녁 캄캄한 영 기슭의
미욱한²⁾ 꿈이나 꾸어를 보지.

만일에 그대가 바다 낭 끝의
벼랑에 돌로나 생겨났더면
둘이 안고 굴며 떨어나지지.

만일에 나의 몸이 불귀신이면
그대의 가슴 속을 밤 도와 태워
둘이 함께 재되어 스러지지.

---

1) 개여울 ─ 시내의 물여울. 개(浦)로 흘러드는 여울.
2) 미욱한 ─ 사람의 됨됨이가 어리석고 미련한.

김소월

건강한 잠

상냥한 태양이 씻은 듯한 얼굴로
산 속 고요한 거리 위를 쏜다.
봄 아침 자리에서 갓 일어난 몸에
홑것을 걸치고 들에 나가 거닐면
산뜻이 살에 숨는 바람이 좋기도 하다.
뾰죽뾰죽한 풀 엄[1]을
밟는가 봐 저어[2]
발도 사뿐히, 가려 놓을 때,
과거의 십년 기억은 머릿속에 선명하고
오늘날의 보람 많은 계획이 확실히 선다.
마음과 몸이 아울러 유쾌한 간밤의 잠이여.

---

1) 풀 엄 — 풀의 움. 새 싹. '엄'은 움의 방언.
2) 저어 — 저어하여. 두려워하여.

고독(孤獨)

설움의 바닷가의
모래밭이라
침묵의 하루 해만 또 저물었네

탄식의 바닷가의
모래밭이니
꼭 같은 열두 시만 늘 저무누나

바잽의 모래밭에
돋는 봄풀은
매일 붓는 벌불 1)에 터도 나타나

설움의 바닷가의
모래밭은요
봄 와도 봄 온 줄을 모른다더라

이즘의 바닷가의 모래밭이면
오늘도 지는 해니 어서 져다오

아쉬움의 바닷가 모래밭이니
뚝 씻는 물소리가 들려나다오

---

1) 벌불 ― 등잔불이나 촛불에서 심지의 옆으로 뻗치어 퍼지는 불.

고락(苦樂)

무거운 짐지고서 닫는 사람은
기구한 발부리만 보지 말고서
때로는 고개들어 사방산천의
시원한 세상풍경 바라보시오

먹이의 달고 씀은 입에 달리고
영욕의 고(苦)와 낙(樂)도 맘에 달렸소
보시오 해가 져도 달이 뜬다오
그믐밤 날 굳거든 쉬어 가시오

무거운 짐지고서 닫는 사람은
숨차다 고갯길을 탄치 말고서
때로는 맘을 눅여 탄탄대로의
이제도 있을 것을 생각하시오

편안히 괴로움의 씨도 되고요
쓰림은 즐거움의 씨가 됩니다
보시오 화전(火田)망정 갈고 심으면
가을에 황금이삭 수북 달리오

칼날 위에 춤추는 인생이라고
물 속에 몸을 던진 몹쓸 계집애
어쩌면 그럴 듯도 하긴 하지만
그렇지 않은 줄은 왜 몰랐던고

칼날 위에 춤추는 인생이라고
자기가 칼날 위에 춤을 춘 게지
그 누가 미친 춤을 추라 했나요
얼마나 비꼬이운 계집애던가

야말로 제 고생을 제가 사서는
잡을 데 다시 없어 엄나무지요
무거운 짐지고서 닫는 사람은
길가의 청풀밭에 쉬어 가시오

무거운 짐지고서 닫는 사람은
기구한 발부리만 보지 말고서
때로는 춘하추동 사방산천의
뒤바뀌는 세상도 바라보시오

무겁다 이 짐일랑 벗을 겐가요
괴롭다 이 길일랑 아니 걷겠나
무거운 짐지고서 닫는 사람은
보시오 시내 위의 물 한 방울을

한 방울 물이라도 모여 흐르면
흘러가서 바다의 물결 됩니다
하늘로 올라가서 구름 됩니다
다시금 땅에 내려 비가 됩니다

비 되어 나린 물이 모둥켜지면
산간에 폭포 되어 수력전기요
들에선 관개 되어 만종석(萬鍾石)이요
메말라 타는 땅엔 기름입니다

어여쁜 꽃 한 가지 이울어갈 제
밤에 찬이슬 되어 축여도 주고
외로운 어느 길손 창자 주릴 제
길가의 찬 샘 되어 눅궈도 주오

시내의 여지없는 물 한 방울도
흐르는 그만뜻이 이러하거든
어느 인생 하나이 저만 가라고
기구하다 이 길을 타발켔나요

이 짐이 무거움에 뜻이 있고요
이 짐이 괴로움에 늦이 있다오
무거운 짐지고서 닫는 사람이
이 세상 사람다운 사람이라오

고만두풀 노래를 가져
월탄(月灘)에게 드립니다

1

즌퍼리[1]의 물가에
우거진 고만두
고만두풀[2] 꺾으며
「고만두라」 합니다.

두 손길 맞잡고
우두커니 앉았소.
잔지르는[3] 수심가(愁心哥)
「고만두라」 합니다.

슬그머니 일면서
「고만갑소」 하여도
앉은 대로 앉아서
「고만두고 맙시다」고.

고만두 풀숲에
풀버러지 날을 때
둘이 잡고 번갈아
「고만두고 맙시다.」

2

「어찌하노 하다니」
중얼이는 혼잣말
나도 몰라 왔어라
입버릇이 된 줄을.

쉬일 때나 있으랴
생시엔들 꿈엔들
어찌하노 하다니
뒤채이는 생각을.

하지마는 「어찌노」
중얼이는 혼잣말
바라나니 인간에
봄이 오는 어느 날.

돋히어나 주고저
마른 나무 새 엄을,
두들겨나 주고저
소리 잊은 내 북을.

---

1) 즌퍼리 — 즌터리. 항상 습기가 차서 곡식을 심지 못하는 지대.
2) 고만두풀 — 길가나 물가에 나는 마디풀과에 딸린 풀.
3) 잔지르다 — 흐트러진 것을 차곡차곡 가리고 가즈런하게 다듬다.

고적(孤寂)한 날

당신님의 편지를
받은 그날로
서러운 풍설(風說)이 돌았습니다.

물에 던져 달라고 하신 그 뜻은
언제나 꿈꾸며 생각하라는
그 말씀인 줄 압니다.

흘려 쓰신 글씨나마
언문 글자로
눈물이라고 적어 보내셨지요.

물에 던져 달라고 하신 그 뜻은
뜨거운 눈물 방울방울 흘리며,
맘 곱게 읽어 달라는 말씀이지요.

고향(故鄕)

1

짐승은 모를는지 고향인지라
사람은 못 잊는 것 고향입니다
생시에는 생각도 아니하던 것
잠들면 어느덧 고향입니다

조상님 뼈 가서 묻힌 곳이라
송아지 동무들과 놀던 곳이라
그래서 그런지도 모르지마는
아아 꿈에서는 항상 고향입니다

2

봄이면 곳곳이 산새소리
진달래 화초 만발하고
가을이면 골짜구니 물드는 단풍
흐르는 샘물 위에 떠나린다

바라보면 하늘과 바닷물과
차 차 차 마주 붙어 가는 곳에

고기잡이 배 돛 그림자
어기여차 디여차 소리 들리는 듯

　3
떠도는 몸이거든
고향이 탓이 되어
부모님 기억 동생들 생각
꿈에라도 항상 그곳서 뵈옵니다

고향이 마음 속에 있습니까
마음 속에 고향도 있습니다
제 넋이 고향에 있습니까
고향에도 제 넋이 있습니다

마음에 있으니까 꿈에 뵈지요
꿈에 보는 고향이 그립습니다
그곳에 넋이 있어 꿈에 가지요
꿈에 가는 고향이 그립습니다

　4
물결에 떠내려간 부평 줄기
자리잡을 새도 없네
제자리로 돌아갈 날 있으랴마는!
괴로운 바다 이 세상에 사람인지라 돌아가리

고향을 잊었노라 하는 사람들
나를 버린 고향이라 하는 사람들
죽어서만은 천애일방(天涯一方) 헤매지 말고
넋이라도 있거들랑 고향으로 네 가거라

공원(公園)의 밤

백양가지에 우는 전등은 깊은 밤의 못물에
어렷하기도[1] 하며 어득하기도 하여라.
어둡게 또는 소리없이 가늘게
줄줄의 버드나무에서는 비가 쌓일 때.

푸른 그늘은 낮은 듯이 보이는 긴 잎 아래로
마주 앉아 고요히 내려깔리던 그 보드라운 눈길!
인제, 검은 내는 떠돌아올라 비구름이 되어라
아아 나는 우노라「그 옛적의 내 사람!」

---

1) 어렷하다 — 확실하지 않고 흐릿하다.

구름

저기 저 구름을 잡아 타면
붉게도 피로 물든 저 구름을,
밤이면 새카만 저 구름을.
잡아 타고 내 몸은 저 멀리로
구만 리 긴 하늘을 날아 건너
그대 잠든 품 속에 안기렸더니,
애스러라[1], 그리는 못한대서,
그대여, 들으라 비가 되어
저 구름이 그대한테로 나리거든,
생각하라, 밤 저녁, 내 눈물을.

---

1) 애스러라 ― 애닯고 안타까워라. 슬퍼라.

귀뚜라미

산바람 소리
찬비 듣는 소리
그대가 세상 고락 말하는 날 밤에
주막집 불도 지고 귀뚜라미 울어라

그를 꿈꾼 밤

야밤중 불빛이 발갛게
어렴풋이 보여라.

들리는 듯, 마는 듯,
발자국 소리.
스러져가는 발자국 소리.

아무리 혼자 누워 몸을 뒤재도[1]
잃어버린 잠은 다시 안 와라.

야밤중, 불빛이 발갛게
어렴풋이 보여라.

---

1) 뒤재다 — 뒤척이다.

그리워

봄이 다 가기 전,
이 꽃이 다 흩기 전
그린 님 오실까구
뜨는 해 지기 전에.

엷게 흰 안개 새에
바람은 무겁거니,
밤샌 달 지는 양자,
어제와 그리 같이.

붙일 길 없는 맘세,[1]
그린 님 언제 뵐련,
우는 새 다음 소린,
늘 함께 든사오면.

---

1) 맘세 — 마음을 쓰는 됨됨이. 마음의 움직임.

금잔디

잔디,
잔디,
금잔디.
심심산천에 붙는 불은
가신 님 무덤가에 금잔디.
봄이 왔네, 봄빛이 왔네.
버드나무 끝에도 실가지에.
봄빛이 왔네, 봄날이 왔네,
심심산천에도 금잔디에.

기분 전환

땀, 땀, 여름볕에 땀 흘리며
호미 들고 밭고랑 타고 있어도,
어디선지 종달새 울어만 온다,
헌출한[1] 하늘이 보입니다요, 보입니다요.

사랑, 사랑, 사랑에, 어스름[2]을 맞은 님
오나 오나 하면서, 젊은 밤을 한소시 조바심할 때,
밟고 섰는 다리 아래 흐르는 강물!
강물에 새벽빛이 어립니다요, 어립니다요.

---

1) 헌출한 — 미끈하고 커다란.
2) 어스름 — 저녁이나 새벽의 어둑한 상태.

기억(記憶)

달 아래 시멋없이[1] 섰던 그 여자,
서 있던 그 여자의 해쓱한 얼굴,
해쓱한 그 얼굴 적이 파릇함.
다시금 실벗듯한 가지 아래서
시커먼 머릿결은 번쩍거리며.
다시금 하룻밤의 식는 강물을,
평양의 긴 단장은 숯고 가던 때.
오오 그 시멋없이 섰던 여자여!

그립다 그 한밤을 내게 가깝던
그대여 꿈이 깊던 그 한동안을
슬픔에 귀여움에 다시 사랑의
눈물에 우리 몸이 맡기었던 때.
다시금 고즈넉한 성 밖 골목의
사월의 늦어가는 뜬눈의 밤을
한두 개 불빛은 울어새던 때,
오오 그 시멋없이 섰던 여자여!

---

1) 시멋없이 ― 쓸쓸하고 처량하게. 덧없이.

기회(機會)

강 위에 다리는 놓였던 것을!
나는 왜 건너가지 못했던가요.
「때」의 거친 물결은 볼 새도 없이
다리를 무너치고 흐릅니다려

먼저 건넌 당신이 어서 오라고
그만큼 부르실 때 왜 못 갔던가!
당신과 나는 그만 이편 저편서.
때때로 울며 바랄 뿐입니다려.

길

어제도 하룻밤
나그네 집에
까마귀 까악까악 울며 새었소.

오늘은
또 몇십 리
어디로 갈까.

산으로 올라갈까
들로 갈까
오라는 곳이 없어 나는 못 가오.

말 마소 내 집도
정주 곽산
차 가고 배 가는 곳이라오.

녀보소 공중에
저 기러기
공중엔 길 있어서 잘 가는가?

김소월

여보소 공중에
저 기러기
열십자 복판에 내가 섰소.

갈래갈래 갈린 길
길이라도
내게 바이¹⁾ 갈 길은 하나 없소.

---

1) 바이 — 다른 도리 없이. 전혀. 아주.

길 손

얼굴 훨끔한 길손이어,
지금 막, 지는 해도 그림자조차
그대의 무거운 발 아래로
여지도 없이 스러지고 마는데

둘러보는 그대의 눈길을 막는
뾰죽뾰죽한 멧봉우리
기어오르는 구름 끝에도
비낀 놀은 붉어라, 앞이 밝게.

천천히 밤은 외로이
근심스럽게 지쳐 나리나니
물소리 처량한 냇물가에,
잠깐, 그대의 발길을 멈추라.

길손이어,
별빛에 푸르도록 푸른 밤이 고요하고
맑은 바람은 땅을 씻어라.
그대의 씨달픈[1] 마음을 가다듬을지어다.

---

1) 씨달픈 — 마음에 꼭 맞지 않고 시들하다.

길차부

가랴 말랴 하는 길이었기에, 차부조차 더디인 것이 아니에요.

오, 나의 애인이여!

안타까워라. 일과 일은 꼬리를 맞물고, 생기는 것 같습니다그려.

그렇지 않고야 이 길이 왜 이다지 더디일까요.

어렷두렷하였달지, 저리도 해는 산머리에서 바재이고[1] 있습니다. 그런데 왜, 아직 내 조그마한 가슴 속에는 당신한테 일러둘 말이 남아 있나요.

오, 나의 애인이여!

나를 어서 놓아 보내 주세요. 당신의 가슴 속이 나를 꽉 붙잡습니다.

길심매고[2] 감발하는[3] 동안, 날은 어둡습니다. 야속도 해라, 아주아주 내 조그만 몸은 당신의 소용대로 내어 맡겨도, 당신의 맘에는 기쁘겠지요. 아직아직 당신한테 일러둘 말이 내 조그만 가슴에 남아 있는 줄을 당신이야 왜 모를라구요. 당신의 가슴 속이 나를 꽉 붙잡습니다.

그러나 오, 나의 애인이여.

---

1) 바재이고 — 하릴없이 머뭇거리는. 부질없이 짧은 거리를 오락가락 거니는.
2) 길심매고 — 길 떠날 채비를 단단히 하고.
3) 감발하다 — 발감개를 하다.

깊고 깊은 언약

몹쓸 꿈을 깨어 돌아누울 때,
봄이 와서 멧나물 돋아 나올 때,
아름다운 젊은이 앞을 지날 때,
잊어버렸던 듯이 저도 모르게,
얼결에 생각나는 「깊고 깊은 언약」

깊이 믿던 심성(心誠)

깊이 믿던 심성이 황량(荒凉)한 내 가슴 속에,
오고가는 두서너 구우(舊友)를 보면서 하는 말이
「이제는 당신네들도 다 쓸데없구려!」

꿈 I

꿈? 영(靈)의 해적임[1]. 설움의 고향.
울자, 내 사랑 꽃 지고 저무는 봄.

---

1) 해적임 ― 가볍게 살랑거리는 모습.

꿈 II

닭 개 짐승조차도 꿈이 있다고
이르는 말이야 있지 않은가
그러하다, 봄날은 꿈꿀 때.
내 몸이야 꿈이나 있으랴,
아아 내 세상의 끝이여,
나는 꿈이 그리워, 꿈이 그리워.

꿈길

물구슬의 봄 새벽 아득한 길
하늘이며 들 사이에 넓은 숲
젖은 향기 불긋한 잎 위의 길
실그물의 바람 비쳐 젖은 숲
나는 걸어가노라 이러한 길
밤 저녁의 그늘진 그대의 꿈
흔들리는 다리 위 무지개 길
바람조차 가을 봄 거츠는 꿈

꿈꾼 그 옛날

밖에는 눈, 눈이 와라,
고요히 창 아래로는 달빛이 들어라.
어스름 타고서 오신 그 여자는
내 꿈의 품 속으로 들어와 안겨라.

나의 베개는 눈물로 함빡히[1] 젖었어라.
그만 그 여자는 가고 말았느냐.
다만 고요한 새벽, 별 그림자 하나가
창 틈을 엿보아라.

---

1) 함빡히 — 함뿍 가득히.

꿈으로 오는 한 사람

나이 차라지면서 가지게 되었노라
숨어 있던 한 사람이, 언제나 나의
다시 깊은 잠 속의 꿈으로 와라
불그레한 얼굴에 가늣한[1] 손가락의
모르는 듯한 거동도 전날의 모양대로
그는 야젓이[2] 나의 팔 위에 누워라
그러나, 그래도 그러나!
말할 아무것이 다시 없는가!
그냥 먹먹할 뿐, 그대로
그는 일어라. 닭의 홰치는 소리.
깨어서도 늘, 길거리의 사람을
밝은 대낮에 빗보고는[3] 하노라

---

1) 가늣한 — 약간 가늘고 긴.
2) 야젓이 — 얌전하고 그윽하게.
3) 빗보다 — 똑바로 보지 못하고 잘못 보다.

꿈자리

　오오 내 님이여! 당신이 내게 주시려고 간 곳마다 이 자리를 깔아 놓아 두시지 않으셨어요. 그렇겠어요 확실히 그러신 줄을 알겠어요. 간 곳마다 저는 당신이 펴놓아 주신 이 자리 속에서 항상 살게 되므로　당신이 미리 그러신 줄을 제가 알았어요.

　오오 내 님이여! 당신이 펴놓아 주신 이 자리는 맑은 못 밑과 같이 고조곤[1)도 하고 아늑도 했어요. 흠싹흠싹 숨치우는[2) 보드라운 모래 바닥과 같은 긴 길이, 항상 외롭고 힘없는 저의 발길을 그리운 당신한테로 인도하여 주겠지요. 그러나 내 님이여! 밤은 어둡구요 찬바람도 불겠지요. 닭은 울었어도 여태도록 빛나는 새벽은 오지 않겠지요. 오오 제 몸에 힘 되시는 내 그리운 님이여! 외롭고 힘없는 저를 부둥켜안으시고 영원히 당신의 믿음성스러운 그 품 속에서 저를 잠들게 하여 주셔요.

　당신이 펴놓아 주신 이 자리는 외롭고 쓸쓸합니다마는, 제가 이 자리 속에서 잠자고 놀고 당신만을 생각할 그때에는 아무러한 두려움도 없고 괴로움도 잊어버려지고 마는데요.

　그러면 님이여! 저는 이 자리에서 종신토록 살겠어요.

　오오 내 님이여! 당신은 하루라도 저를 이 세상에 더 묵게 하시려고 이 자리를 간 곳마다 깔아 놓아 두셨어요. 집 없고 고단한 제 몸의 종적을 불쌍히 생각하셔서 검소한 이 자리를　간 곳마다 제 소유로 장만하여 주셨어요. 그리고 또 당신은 제 엷은 목숨의 줄을 온전히 붙잡아 주시고 외로이 일생을 제가 위험 없는 이 자리 속에 살게 하여 주셨어요.

오오 그러면 내 님이여! 끝끝내 저를 이 자리 속에 두어 주셔요. 당신이 손수 당신의 그 힘 되고 믿음성 부른 품 속에다 고요히 저를 잠들려 주시고 저를 또 이 자리 속에 당신이 손수 묻어 주셔요.

---

1) 고조곤하다 — 고요하다. 조용조용하다.
2) 숨치우다 — 물기 같은 것을 닦아 깨끗이 하다..

나는 세상 모르고 살았노라

「가고 오지 못한다」는 말을
철없던 내 귀로 들었노라.
만수산(萬壽山) 올라서서
옛날에 갈라선 그 내 님도
오늘날 뵈올 수 있었으면!

나는 세상 모르고 살았노라.
고락(苦樂)에 겨운 입술로는
같은 말도 조금 더 영리하게
말하게도 지금은 되었건만.
오히려 세상 모르고 살았으면!

「돌아서면 무심타」는 말이
그 무슨 뜻인 줄을 알았으랴.
제석산(啼昔山) 붙는 불은
옛날에 갈라선 그 내 님의
무덤의 풀이라도 태웠으면!

나의 집

들가에 떨어져 나가 앉은 멧기슭의
넓은 바다의 물가 뒤에,
나는 지으리, 나의 집을,
다시금 큰길을 앞에다 두고.
길로 지나가는 그 사람들은
제가끔 떨어져서 혼자 가는 길.
하얀 여울턱에 날은 저물 때.
나는 문간에 서서 기다리리
새벽 새가 울며 지새는 그늘로
세상은 희게, 또는 고요하게
번쩍이며 오는 아침부터
지나가는 길손을 눈여겨 보며,
그대인가고, 그대인가고.

낙천(樂天)

살기에 이러한 세상이라고
맘을 그렇게나 먹어야지.
살기에 이러한 세상이라고,
꽃 지고 잎 진 가지에 바람이 운다.

남의 나라 땅

돌아다보이는 무쇠다리 [1]
얼결에 뛰어건너 서서
숨그르고 [2] 발 놓는 남의 나라 땅.

---

1) 무쇠다리 — 철교. 여기서는 압록강 철교를 말함.
2) 숨그르다 — 숨을 가누다.

낭인(浪人)의 봄

휘둘러 산을 넘고 굽이진 물을 건너
푸른 풀 붉은 꽃에 길 걷기 시름이어.
잎 누런 시닥나무, 철 이른 푸른 버들,
해 벌써 석양인데 불슷는[1] 바람이어.

골짜기 이는 연기 메 틈에 잠기는데
산마루 도는 손의 슬지는 그림자여.
산길가 외론 주막 어이그, 쓸쓸한데
먼저 든 짐장사의 곤한 말 한 소리여.

지는 해 그림자니, 오늘은 어디까지
어둔 뒤 아무 데나, 가다가 묵을네라.
풀숲에 물김 뜨고, 달빛에 새 놀래는
고운 봄 야반(夜半)에도 내 사람 생각이어.

---

1) 불슷다 — 바람 따위가 불어 스치다.

널

성촌(城村)의 아가씨들
널 뛰노나
초파일 날이라고
널을 뛰지요

바람 불어요
바람이 분다고!
담 안에는 수양(垂楊)의 버드나무
채색(彩色) 줄 층층그네 매지를 말아요

담 밖에는 수양의 늘어진 가지
늘어진 가지는
오오 누나!
휘젓이 늘어져서 그늘이 깊소

좋다 봄날은
몸에 겹지
널 뛰는 성촌의 아가씨네들
널은 사랑의 버릇이라오

눈

새하얀 흰 눈, 가비얍게[1] 밟을 눈
재 같아서 날릴 듯 꺼질 듯한 눈.
바람엔 흩어져도 불길에야 녹을 눈.
계집의 마음, 님의 마음.

---

1) 가비얍게 — '가볍게'의 시적 표현.

눈물이 수르르 흘러납니다

눈물이 수르르 흘러납니다.
당신이 하도 못 잊게 그리워서
그리 눈물이 수르르 흘러납니다.

잊히지도 않는 그 사람은
아주나 내버린 것이 아닌데도
눈물이 수르르 흘러납니다.

가뜩이나 설운 맘이
떠나지 못할 운(運)에 떠난 것도 같아서
생각하면 눈물이 수르르 흘러납니다.

눈 오는 저녁

바람 자는 이 저녁
흰 눈은 퍼붓는데
무엇하고 계시노
같은 저녁 금년은……

꿈이라도 꾸면은!
잠들면 만날런가.
잊었던 그 사람은
흰 눈 타고 오시네.

저녁 때, 흰 눈은 퍼부어라.

님에게

한때는 많은 날을 당신 생각에
밤까지 새운 일도 없지 않지만
아직도 때마다는 당신 생각에
때묻은 베갯가의 꿈은 있지만

낮 모를 딴 세상의 네길거리에
애달피 날 저무는 갓스물이요
캄캄한 어두운 밤 들에 헤매도
당신은 잊어버린 설움이외다

당신을 생각하면 지금이라도
비 오는 모래밭에 오는 눈물의
때묻은 베갯가의 꿈은 있지만
당신은 잊어버린 설움이외다

님의 노래

그리운 우리 님의 맑은 노래는
언제나 제 가슴에 젖어 있어요

긴 날을 문 밖에서 서서 들어도
그리운 우리 님의 고운 노래는
해 지고 저물도록 귀에 들려요
밤 들고 잠들도록 귀에 들려요

고이도 흔들리는 노랫가락에
내 잠은 그만이나 깊이 들어요
고적한 잠자리에 홀로 누워도
내 잠은 포스근히[1] 깊이 들어요

그러나 자다 깨면 님의 노래는
하나도 남김없이 잃어버려요
들으면 듣는 대로 님의 노래는
하나도 남김없이 잊고 말아요

---

1) 포스근히 ― 포근하고 아늑하게.

님의 말씀

세월이 물과 같이 흐른 두 달은
길어 둔 독엣물도 찌었지마는
가면서 함께 가자 하던 말씀은
살아서 살을 맞는 표적이외다

봄풀은 봄이 되면 돋아나지만
나무는 밑그루를 꺾는 셈이요
새라면 두 죽지가 상한 셈이라
내 몸에 꽃필 날은 다시 없구나

밤마다 닭소리라 날이 첫시(時)면
당신의 넋맞이로 나가 볼 때요
그믐에 지는 달이 산에 걸리면
당신의 길신가리 차릴 때외다

세월은 물과 같이 흘러가지만
가면서 함께 가자 하던 말씀은
당신을 아주 잊던 말씀이지만
죽기 전 또 못 잊을 말씀이외다

달밤

저 달이 날더러 속삭입니다
당신이 오늘밤에 잊으신다고.

낮같이 밝은 그 달밤의
흔들려 멀어 오는 물노래고요,
그 노래는 너무도 외로움에
근심이 사못되어 비낍니다.

부승기는[1] 맘에 갈기는 때에
그지없이 씨달픈[2] 이내 넋을,
주님한테 온전히 당신한테
모아 묶어 바칩니다.

그러나 괴로운 가슴에 껴안기는 달은
속속들이 당신을 쏟아냅니다……
당신이 당신이 오늘밤에 잊으신다고
내 맘에 미욱함이 불서럽다[3]고.

---

1) 부승기다 — 벌어져 틈이 있다.
2) 씨달프다 — 마음에 꼭 맞지 않고 시들하다.
3) 불서럽다 — 불쌍하고 서러운.

닭소리

그대만 없게 되면
가슴 뛰노는 닭소리 늘 들어라.

밤은 아주 새어올 때
잠은 아주 달아날 때

꿈은 이루기 어려워라.

저리고 아픔이여
살기가 왜 이리 고달프냐.

새벽 그림자 산란한 들풀 위를
혼자서 거닐어라.

닭은 꼬꾸요

닭은 꼬꾸요, 꼬꾸요 울 제,
헛잡으니 두 팔은 밀려났네.
애도 타리만치 기나긴 밤은……
꿈 깨친 뒤엔 감도록 잠 아니 오네.

위에는 청초(靑草) 언덕, 곳은 집섬,
엊저녁 대인 남포(南浦) 뱃간.
몸을 잡고 뒤재며[1] 누웠으면
솜솜하게도[2] 감도록 그리워 오네.

아무리 보아도
밝은 등불, 어스레한데.
감으면 눈 속엔 흰 모래밭,
모래에 어린 안개는 물 위에 슬 제
대동강(大洞江) 뱃나루에 해 돋아 오네.

---

1) 뒤재다 — 뒤척이다.
2) 솜솜하게 — '삼삼하게'의 시적 표현. 눈에 선하게.

담배

나의 긴 한숨을 동무하는
못 잊게 생각나는 나의 담배!
내력을 잊어버린 옛 시절에
났다가 새 없이 몸이 가신
아씨님 무덤 위의 풀이라고
말하는 사람도 보았어라.
어물어물 눈앞에 스러지는 검은 연기,
다만 타 붙고 없어지는 불꽃.
아, 나의 괴로운 이 맘이여.
나의 하염없이 쓸쓸한 많은 날은
너와 한가지로 지나가라.

돈과 밥과 맘과 들

1

얼굴이면 거울에 비추어도 보지만, 하루에도 몇 번씩
비추어도 보지만, 어쩌랴 그대여 우리들의 뜻 같은 백(百)을
산들 한 번을 비출 곳이 있으랴

2

밥먹다 죽었으면 그만일 것을 가지고
잠자다 죽었으면 그만일 것을 가지고 서로가락 그렇지
어쩌면 우리는 쭉하면 제 몸만을 내세우려 하더냐
호미 잡고 들에 내려서 곡식이나 기르자

3

순직한 사람은 죽어 하늘나라에 가고
모질던 사람은 죽어 지옥간다고 하여라
우리네 사람들아, 그뿐 알아 둘진댄 아무런 괴로움도
다시없이 살 것을 머리 수그리고 앉았던 그대는
다시 「돈!」 하며 건너 산을 건너다보게 되누나

4
등잔불 그무러지고 닭소리는 잦은데
여태 자지 않고 있더냐 다짐도 하지 그대 요밤 새면
내일 날이 또 있지 않우

5
사람아 나더러 말썽을 마소
거슬러 예는 물을 거스른다고
말하는 사람부터 어리석겠소

가노라 가노라 나는 가노라
내 성품 끄는 대로 나는 가노라
열두 길 물이라도 나는 가노라

달래어 아니 듣는 어린 적 맘이
일러서 아니 듣는 오늘날 맘의
장본이 되는 줄을 몰랐더니

6
아니면 아니라고
말을 하오
소라도 움마 하고 울지 않소

기면 기라고라도
말을 하오
저울추는 한곳에 놓인다오

기라고 한대서 기뻐 뛰고
아니라고 한대서 눈물 흘리고
단념하고 돌아설 내가 아니오

　　7
금전 반짝
은전 반짝
금전과 은전이 반짝반짝

여보오
서방님
그런 말 마오

넘어가요
넘어를 가요
두 손길 마주 잡고 넘어나 가세

여보오
서방님
저기를 보오

엊저녁 넘던 산마루에
꽃이 꽃이
피었구려

삼 년을 살아도
몇 삼 년을
잊지를 말라는 꽃이라오

그러나 세상은
내 집 길도
한 길이 아니고 열 갈래라

여보오 서방님 이 세상에
나왔다가 금전은 내 못 써도
당신 위해 천 냥은 쓰오리다

동경(憧憬)하는 애인

네의 붉고 부드러운
그 입술에 보다
네의 아름답고 깨끗한
그 혼(魂)에다
나는 뜨거운 키스를……
내 생명의 굳센 운율(韻律)은
네의 조그마한 마음 속에서
그침 없이 움직인다.

두 사람

흰 눈은 한 잎
또 한 잎
영(嶺) 기슭을 덮을 때.
짚신에 감발하고[1] 길심매고[2]
우뚝 일어나면서 돌아서도
다시금 또 보이는,
다시금 또 보이는.

---

1) 감발하고 — 발감개를 하고.
2) 길심매고 — 길 떠날 채비를 단단히 하고.

둥근 해

솟아온다 둥근 해
해족인다 둥근 해
끊임없이 그 자체
타고 있는 둥근 해.

그가 솟아올 때면
내 가슴이 뛰논다
너의 웃음 소리에
내 가슴이 뛰논다.

물이 되랴 둥근 해
둥근 해는 네 웃음
불이 되랴 둥근 해
둥근 해는 네 마음.

그는 숨어 있것다
신비로운 밤빛에
너의 웃는 웃음은
사랑이란 그 안에.

그는 매일 걷는다.
끝이 없는 하늘을
너의 맘은 헴친다.
생명이란 바다를.

밝은 그 볕 아래선
푸른 풀이 자란다
너의 웃음 앞에선
내 머리(頭髮)가 자란다.

불이 붙는 둥근 해
내 사랑의 웃음은
동편 하늘 열린 문
내 사랑의 얼굴은.

드리는 노래

한 집안 사람 같은 저기 저 달님

당신은 사랑의 달님이 되고
우리는 사랑의 달무리 되자.
쳐다보아도 가까운 달님
늘 같이 놀아도 싫잖은 우리.

미더움 의심 없는 모름의 달님

당신은 분명한 약속이 되고
우리는 분명한 지킴이 되자.
밤이 지샌 뒤라도 그믐의 달님
잊은 듯 보였다도 반기는 우리.

귀엽긴 귀여워도 의젓한 달님

당신은 온 천함의 달님이 되고
우리는 온 천함의 잔별이 되자.
넓은 하늘이라도 좁았던 달님
수줍음 수줍음을 따르는 우리.

들놀이

들꽃은
피어
흩어졌어라.

들풀은
들로 한벌 가득히 자라 높았는데,
뱀의 헐벗은 묵은 옷은
길 분전(分傳)의 바람에 날아 돌아라.

저 보아, 곳곳이 모든 것은
번쩍이며 살아 있어라.
두 나래 펼쳐 떨며
소리개도 높이 떴어라.

때에 이 내 몸
가다가 또다시 쉬기도 하며,
숨에 찬 내 가슴은
기쁨으로 채워져 사뭇 넘쳐라.

걸음은 다시금 또 더 앞으로……

김소월

등불과 마주 앉았으려면

적적히
다만 밝은 등불과 마주 앉았으려면
아무 생각도 없이 그저 울고만 싶습니다,
왜 그런지야 알 사람이 없겠습니다마는.

어두운 밤에 홀로이 누웠으려면
아무 생각도 없이 그저 울고만 싶습니다.
왜 그런지야 알 사람도 없겠습니다마는
탓을 하자면 무엇이라 말할 수는 있겠습니다마는.

마음의 눈물

내 마음에서 눈물난다.
뒷산에 푸르른 미루나무 잎들이 알지,
내 마음에서, 마음에서 눈물나는 줄을,
나 보고 싶은 사람, 나 한번 보게 하여 주소,
우리 작은놈 날 보고 싶어하지,
건넛집 갓난이도 날 보고 싶을 테지,
나도 보고 싶다, 너희들이 어떻게 자라는 것을.
나 하고 싶은 노릇 나 하게 하여 주소.
못 잊혀 그리운 너의 품 속이여!
못 잊히고, 못 잊혀 그립기에 내가 괴로워하는 조선이여.

마음에서 오늘날 눈물이 난다.
앞뒤 한길 포플러 잎들이 안다
마음 속에 마음의 비가 오는 줄을,
갓난이야 갓놈아 나 바라보라
아직도 한길 위에 인기척 있나,
무엇이고 어머니 오시나 보다.
부뚜막 쥐도 이젠 달아났다.

만나려는 심사(心思)

저녁 해는 지고서 어스름의 길,
저 먼 산엔 어두워 잃어진 구름,
만나려는 심사는 웬 셈일까요,
그 사람이야 올 길 바이 없는데,
발길은 누 마중을 가잔 말이냐.
하늘엔 달 오르며 우는 기러기.

만리성(萬里城)

밤마다 밤마다
온 하룻밤
쌓았다 헐었다
긴 만리성!

맘에 속의 사람

잊힐 듯이 볼 듯이 늘 보던 듯이
그립기도 그리운 참말 그리운
이 나의 맘에 속에 속 모를 곳에
늘 있는 그 사람을 내가 압니다.

인제도 인제라도 보기만 해도
다시 없이 살뜰할 그 내 사람은
한두 번만 아니게 본 듯하여서
나자부터 그리운 그 사람이요.

남은 다 어림없다 이를지라도
속에 깊이 있는 것 어찌하는가,
하나 진작 낯 모를 그 내 사람은
다시 없이 알뜰한 그 내 사람은

나를 못 잊어하여 못 잊어하여
애타는 그 사랑이 눈물이 되어,
한끗[1] 만나리 하는 내 몸을 가져
몹쓸음을 둔 사람, 그 나의 사람?

---

1) 한끗 ― 할 수 있는 데까지. 한껏.

맘에 있는 말이라고 다 할까 보냐

하소연하며 한숨을 지으며
세상을 괴로워하는 사람들이여!
말을 나쁘지 않도록 좋이 꾸밈은
닳아진 이 세상의 버릇이라고, 오오 그대들!
맘에 있는 말이라고 다 할까 보냐.
두세 번 생각하라, 우선 그것이
저부터 밑지고 들어가는 장사일진댄.
사는 법이 근심은 못 가른다고,
남의 설움을 남은 몰라라.
말 마라, 세상, 세상 사람은
세상의 좋은 이름 좋은 말로써
한 사람을 속옷마저 벗긴 뒤에는
그를 네길거리에 세워 놓아라, 장승도 마치 한가지.
이 무슨 일이냐, 그날로부터,
세상 사람들은 제가끔 제 비위의 헐한 값으로
그의 몸값을 매기자고 덤벼들어라.
오오 그러면, 그대들은 이후에라도
하늘을 우러르라, 그저 혼자, 섧거나 괴롭거나.

맘 켱기는 날

오실 날
아니 오시는 사람!
오시는 것 같게도
맘 켱기는[1] 날!
어느덧 해도 지고 날이 저무네!

---

1) 켱기다 — 무슨 일이 생길까 마음이 찜찜하고 불안하다. 켕기다.

먼 후일

먼 훗날 당신이 찾으시면
그때에 내 말이 「잊었노라」

당신이 속으로 나무리면
「무척 그리다가 잊었노라」

그래도 당신이 나무리면
「믿기지 않아서 잊었노라」

오늘도 어제도 아니 잊고
먼 훗날 그때에 「잊었노라」

못 잊어

못 잊어 생각이 나겠지요,
그런대로 한세상 지내시구려,
사노라면 잊힐 날 있으리다.

못 잊어 생각이 나겠지요,
그런대로 세월만 가라시구려,
못 잊어도 더러는 잊히오리다.

그러나 또한긋[1] 이렇지요,
「그리워 살뜰히 못 잊는데,
어쩌면 생각이 떠지나요?」

---

1) 또한긋 — 또 달리 생각하면.

무덤

그 누가 나를 헤내는 부르는 소리.
불그스름한 언덕, 여기저기
돌무더기도 움직이며 달빛에,
소리만 남은 노래 서러워 엉겨라,
옛 조상들의 기록을 묻어 둔 그곳!
나는 두루 찾노라, 그곳에서!
형적¹⁾ 없는 노래 흘러 퍼져,
그림자 가득한 언덕으로 여기저기,
그 누구가 나를 헤내는 부르는 소리.
부르는 소리, 부르는 소리.
내 넋을 잡아끌어 헤내는 부르는 소리.

---

1) 형적 — 남은 흔적. 자취.

무신(無信)

그대가 돌이켜 물을 줄도 내가 아노라,
「무엇이 무신(無信)함이 있더냐?」 하고,
그러나 무엇하랴 오늘날은
야속히도 당장에 우리 눈으로
볼 수 없는 그것을, 물과 같이
흘러가서 없어진 맘이라고 하면.

검은 구름은 멧기슭에서 어정거리며,
애처롭게도 우는 산의 사슴이
내 품에 속속들이 붙안기는 듯.
그러나 밀물도 쎄이고 밤은 어두워
닻 주었던 자리는 알 길이 없어라.
시정(市井)의 흥정 일은
외상으로 주고받기도 하건마는.

물마름

주린 새 무리는 마른 나무의
해 지는 가지에서 재갈이던[1] 때.
온종일 흐르던 물 그도 곤하여
놀 지는 골짜기에 목이 메던 때.

그 누가 알았으랴 한쪽 구름도
걸려서 흐득이는 외로운 영(嶺)을
숨차게 올라서는 여윈 길손이
달고 쓴 맛이라면 다 겪은 줄을.

그곳이 어디더냐 남이장군이
말 먹여 물찌었던 푸른 강물이
지금에 다시 흘러 둑을 넘치는
천백 리(千百里) 두만강이 예서 백십 리.

무산(茂山)의 큰 고개가 예가 아니냐
누구나 예로부터 의를 위하여
싸우다 못 이기면 몸을 숨겨서
한때의 못난이가 되는 법이라.

그 누가 생각하랴 삼백 년래에
차마 받지 다 못할 한과 모욕을
못 이겨 칼을 잡고 일어섰다가
인력의 다함에서 스러진 줄을.

부러진 대쪽으로 활을 메우고
녹슬은 호미쇠로 칼을 별러서
다독(茶毒)된 삼천리에 북을 울리며
정의의 기를 들던 그 사람이여.

그 누가 기억하랴 다북동(茶北洞)에서
피 물든 옷을 입고 외치던 일을
정주성(定州城) 하룻밤의 지는 달빛에
애끓친 그 가슴이 숫기된[2] 줄을.

물 위에 뜬 마름에 아침 이슬을
불붙는 산마루에 피었던 꽃을
지금에 우러르며 나는 우노라
이루며 못 이룸에 박(薄)한 이름을.

---

1) 재갈이다 — 요란스럽고 떠들썩하게 지저귀다. 재깔이다.
2) 숫기되다 — 숯덩이같이 불기가 사라지다.

바다

뛰노는 흰 물결이 일고 또 잦는
붉은 풀이 자라는 바다는 어디.

고기잡이꾼들이 배 위에 앉아
사랑 노래 부르는 바다는 어디.

파랗게 좋이 물든 남빛 하늘에
저녁놀 스러지는 바다는 어디.

곳없이 떠다니는 늙은 물새가
떼를 지어 좇니는 바다는 어디.

건너 서서 저편은 딴 나라이라
가고 싶은 그리운 바다는 어디.

바다가 변하여 뽕나무 밭 된다고

걷잡지 못할 만한 나의 이 설움
저무는 봄 저녁에 져가는 꽃잎
져가는 꽃잎들은 나부끼어라.
예로부터 일러 오며 하는 말에도
바다가 변하여 뽕나무 밭 된다고.
그러하다, 아름다운 청춘의 때의
있다던 온갖 것은 눈에 설고
다시금 낯 모르게 되나니,
보아라, 그대여, 서럽지 않은가.
봄에도 삼월의 져가는 날에
붉은 피같이도 쏟아져 내리는
저기 저 꽃잎들을, 저기 저 꽃잎들을.

바닷가의 밤

한줌만 가느다란 좋은 허리는
품 안에 차츰차츰 졸아들 때는
지새는 겨울 새벽 춥게 든 잠이
어렴풋 깨일 때다 둘도 다 같이
사랑의 말로 못할 깊은 불안에
또 한끗[1] 호쥬군한[2] 옅은 몽상에.
바람은 쌔우친다[3] 때에 바닷가
무서운 물소리는 잦 일어온다.
컹킨[4] 여덟 팔다리 걷어채우며
산뜩히 서려 오는 머리칼이여.

사랑은 달콤하지 쓰고도 맵지.
햇가는 쓸쓸하고 밤은 어둡지.
한밤의 만난 우리 다 마찬가지
너는 꿈의 어머니 나는 아버지.
일시 일시 만났다 나뉘어 가는
곳 없는 몸 되기도 서로 같거든.
아아아 허수럽다[5] 바로 사랑도
더욱여 허수럽다 삶은 참말로.

아, 이 봐 그만 일자 창이 희었다.
슬픈 날은 도적같이 달려들었다.

---

1) 한끗 — 할 수 있는 데까지. 한껏.
2) 호쥬군한 — 땀이나 물에 젖어 풀이 죽은. 호졸근하다.
3) 쌔우치다 — 세게 후려치다
4) 컹키다 — 무슨 일이 생길까 마음이 찜찜하고 불안하다. 캥기다.
5) 허수럽다 — 공허하고 서운하다.

바라건대는 우리에게
우리의 보습 대일 땅이 있었더면

나는 꿈꾸었노라, 동무들과 내가 가지런히
벌 가의 하루 일을 다 마치고
석양에 마을로 돌아오는 꿈을, 즐거이 꿈 가운데.

그러나 집 잃은 내 몸이여,
바라건대는 우리에게 우리의 보습¹⁾ 대일 땅이 있었더면!
이처럼 떠돌으랴, 아침에 저물손에 새라새로운 탄식을 얻으면서.

동이랴, 남북이랴, 내 몸은 떠가나니, 볼지어다,
희망의 반짝임은, 별빛이 아득함은,
물결뿐 떠올라라, 가슴에 팔다리에.

그러나 어쩌면 황송한 이 심정을! 날로 나날이 내 앞에는
자칫 가늘은 길이 이어가라.
나는 나아가리라 한 걸음, 또 한 걸음. 보이는 산비탈엔
온 새벽 동무들 저저 혼자…… 산경(山耕)을 김매이는.

---

1) 보습 — 논이나 밭을 가는 쟁기의 일종.

바람과 봄

봄에 부는 바람, 바람 부는 봄,
적은 가지 흔들리는 부는 봄바람,
내 가슴 흔들리는 바람, 부는 봄,
봄이라 바람이라 이내 몸에는
꽃이라 술잔이라 하며 우노라.

바리운 몸

꿈에 울고 일어나
들에
나와라.

들에는 소슬비
머구리[1]는 울어라.
풀 그늘 어두운데

뒷짐지고 땅 보며 머뭇거릴 때.
누가 반딧불 꾀어드는 수풀 속에서
「간다 잘 살아라」 하며 노래 불러라.

1) 머구리 ― '개구리'의 고어.

반달

희멀끔하여[1] 떠돈다, 하늘 위에,
빛 죽은 반달이 언제 올랐나!
바람은 나온다, 저녁은 춥구나,
흰 물가엔 뚜렷이 해가 드누나.

어두컴컴한 풀 없는 들은
찬 안개 위에 떠흐른다.
아, 겨울은 깊었다, 내 몸에는,
가슴이 무너져 내려앉는 이 설움아!

가는 님은 가슴의 사랑까지 없애고 가고
젊음은 늙음으로 바뀌어든다.
들가시나무의 밤드는 검은 가지
잎새들만 저녁빛에 희끄무레히[2] 꽃 지듯 한다.

---

1) 희멀끔하다 — 얼굴이 희고 멀끔하다.
2) 희끄무레하다 — 빛깔이 맑지 못하고 좀 흰 듯한.

밤

홀로 잠들기가 참말 외로워요
맘에는 사무치도록 그리워 와요
이리도 무던히
아주 얼굴조차 잊힐 듯해요.

벌써 해가 지고 어둡는데요,
이곳은 인천에 제물포, 이름난 곳,
부슬부슬 오는 비에 밤이 더디고
바다 바람이 춥기만 합니다.

다만 고요히 누워 들으면
다만 고요히 누워 들으면
하이얗게 밀어드는 봄 밀물이
눈앞을 가로막고 흐느낄 뿐이야요.

밭고랑 위에서

우리 두 사람은
키 높이 가득 자란 보리밭, 밭고랑 위에 앉았어라.
일을 필하고 쉬이는 동안의 기쁨이여.
지금 두 사람의 이야기에는 꽃이 필 때.

오오 빛나는 태양은 내려쪼이며
새 무리들도 즐거운 노래, 노래 불러라.
오오 은혜여, 살아 있는 몸에는 넘치는 은혜여,
모든 은근스러움이 우리의 맘 속을 차지하여라.

세계의 끝은 어디? 자애의 하늘은 넓게도 덮였는데,
우리 두 사람은 일하며, 살아 있어서,
하늘과 태양을 바라보아라, 날마다 날마다도,
새라새롭은[1] 환희를 지어내며, 늘 같은 땅 위에서.

다시 한 번 활기있게 웃고 나서, 우리 두 사람은
바람에 일리우는 보리밭 속으로
호미 들고 들어갔어라, 가지런히 가지런히,
걸어 나아가는 기쁨이여, 오오 생명의 향상이여.

---

1) 새라새롭은 — 새라새롭다. 매우 새롭고 새로운. '새롭다'의 강조 표현.

벗 마을

흰 꽃잎 조각조각 흩어지는데
줄로 선 버드나무 동구(洞口) 앞에서
달밤에 눈 맞으며 놓기 어려워
붙잡고 울던 일도 있었더니라.

삼 년 후 다시 보자 서로 말하고
어두운 물결 위에 몸을 맡기며
부두의 너풀리는 붉은 깃발을
에이는 마음으로 여겼더니라

손의 집 단칸방에 밤이 깊었고
젊음의 불심지가 마저 그므는[1)]
사람의 있는 설움 말을 다하는
차마 할 상면까지 보았더니라

쓸쓸한 고개고개 아홉 고개를
비로소 넘어가서 땅에 묻히는
한 줌의 흙집 위에 뿌리는 비를
모두 다 보기도 하였더니라

끝끝내 첫 상종을 믿었던 것이
모두 다 지금 와서 내 가슴에는
무더기 또 무더기 그 한 구석의
거칠은 두던²⁾만을 지을 뿐이라.

지금도 고요한 밤 자리 속에서
진땀에 떠서 듣는 창지(窓紙) 소리는
갈대말 타고 놀던 예전 그날에
어두운 그림자가 나리더니라.

---

1) 그므는 ― 젖어들다. 적시다. 잠기다.
2) 두던 ― '언덕', '둔덕'의 방언.

봄 못

갔던 봄은 왔다나
잎만 수북 떠 있다
헐고 외인 못물가
내가 서서 볼 때다.

물에 드는 그림자
어울리며 흔든다
새도 못할 물소용
물 면으로 솟군다.

채 솟구도 못하여
솟구다는 삼킨다
하건대는 우리도
이러하다 할쏘냐.

바람 앞에 풍겨나
제자리를 못 잡아
몸을 한곳 못 두어
애가 탈손 못물아.

한때 한때 지나다
가고 말 것뿐이라
다시 헛된 세상에
안정 밖에 있겠구나.

봄밤

실버드나무의 거무스레한 머릿결인 낡은 가지에
제비의 넓은 깃나래의 감색 치마에
술집의 창 옆에, 보아라, 봄이 앉았지 않는가.

소리도 없이 바람은 불며, 울며 한숨지어라
아무런 줄도 없이 섧고 그리운 새카만 봄밤
보드라운 습기는 떠돌며 땅을 덮어라.

봄비

어룰없이 ¹⁾ 지는 꽃은 가는 봄인데
어룰없이 오는 비에 봄은 울어라.
서럽다, 이 나의 가슴 속에는!
보라 높은 구름 나무의 푸릇한 가지.
그러나 해 늦으니 어스름인가.
애달피 ²⁾ 고운 비는 그어 오지만
내 몸은 꽃자리에 주저앉아 우노라.

---

1) 어룰없이 — 아무 뜻없이. 속절없이. 하염없이.
2) 애달피 — 애달프게.

부귀공명(富貴功名)

거울 들어 마주 온 내 얼굴을
좀더 미리부터 알았던들
늙는 날 죽는 날을
사람은 다 모르고 사는 탓에,
오오 오직 이것이 참이라면
그러나 내 세상이 어디인지?
지금부터 두여들¹⁾ 좋은 연광(年光)
다시 와서 내게도 있을 말로
전보다 좀더 전보다 좀더
살음²⁾ 즉이 사는지 모르련만
거울 들어 마주 온 내 얼굴을
좀더 미리부터 알았던들!

---

1) 두여들 — 열여섯 살.
2) 살음 — 살 일. 사는 일.

부모(父母)

낙엽이 우수수 떨어질 때,
겨울의 기나긴 밤,
어머님하고 둘이 앉아
옛 이야기 들어라.

나는 어쩌면 생겨나와
이 이야기 듣는가?
묻지도 말아라, 내일 날에
내가 부모 되어서 알아보랴?

부엉새

간밤에
뒤 창밖에
부엉새가 와서 울더니,
하루를 바다 위에 구름이 캄캄.
오늘도 해 못 보고 날이 저무네.

분(粉) 얼굴

불빛에 떠오르는 샛보얀 얼굴,
그 얼굴이 보내는 호젓한 냄새,
오고가는 입술의 주고받는 잔,
가느스름한 손길은 아르대여라.[1]

거무스레하면서도 불그스레한
어렴풋하면서도 다시 분명한
줄그늘 위에 그대의 목소리,
달빛이 수풀 위를 떠 흐르는가.

그대하고 나하고 또는 그 계집
밤에 노는 세 사람, 밤의 세 사람,
다시금 술잔 위의 긴 봄밤은
소리도 없이 창밖으로 새어 빠져라.

---

1) 아르대다 ― 눈 앞에 어른거리다.

비난수하는 맘

함께 하려노라, 비난수[1]하는 나의 맘,
모든 것을 한 짐에 묶어 가지고 가기까지,
아침이면 이슬 맞은 바위의 붉은 줄로,
기어오르는 해를 바라다보며, 입을 벌리고.

떠돌아라, 비난수하는 맘이여, 갈매기같이,
다만 무덤뿐이 그늘을 얼른이는 하늘 위를
바닷가의 잃어버린 세상에 있다던 모든 것들은
차라리 내 몸이 죽어 가서 없어진 것만도 못하건만.

또는 비난수하는 나의 맘, 헐벗은 산 위에서
떨어진 잎 타서 오르는, 냇내의 한 줄기로,
바람에 나부끼라 저녁은, 흩어진 거미줄의
밤에 맺었던 이슬은 곧 다시 떨어진다고 할지라도.

함께 하려 하노라, 오오 비난수하는 나의 맘이여,
있다가 없어지는 세상에는
오직 날과 날이 닭소리와 함께 달아나 버리며,
가까웁는, 오오 가까웁는 그대뿐이 내게 있거라!

---

1) 비난수 — 무속에서 중얼중얼 복을 빌며 기도하는 말이나 행위.

비단 안개

눈들이 비단 안개에 둘리울 때,
그때는 차마 잊지 못할 때러라.
만나서 울던 때도 그런 날이요,
그리워 미친 날도 그런 때러라.

눈들이 비단 안개에 둘리울 때,
그때는 홀목숨은 못살 때러라.
눈 풀리는 가지에 당치마 귀로
젊은 계집 목매고 달릴 때러라.

눈들이 비단 안개에 둘리울 때,
그때는 종달새 솟을 때러라.
들에랴 바다에랴, 하늘에서랴,
아지 못할 무엇에 취할 때러라.

눈들이 비단 안개에 둘리울 때,
그때는 차마 잊지 못할 때러라.
첫사랑 있던 때도 그런 날이요,
영이별 있던 날도 그런 때러라.

사노라면 사람은 죽는 것을

하루라도 몇 번씩 내 생각은
내가 무엇하려고 살려는지?
모르고 살았노라, 그럴 말로
그러나 흐르는 저 냇물이
흘러가서 바다로 든댈진댄.
일로 좇아 그러면 이내 몸은
애쓴다고는 말부터 잊으리라.
사노라면 사람은 죽는 것을
그러나 다시 내 몸,
봄빛이 불붙는 사태흙에
집 짓는 저 개아미
나도 살려하노라, 그와 같이
사는 날 그날까지
살음에 즐거워서
사는 것이 사람의 본뜻이면
오오 그러면 내 몸에는
나시는 애쓸 일도 너 없어라
사노라면 사람은 죽는 것을.

사랑의 선물

님 그리고 방울방울 흘린 눈물
진주 같은 그 눈물을
썩지 않은 붉은 실에
꿰이고 또 꿰여
사랑의 선물로써
님의 목에 걸어 줄라.

삭주구성(朔州龜城)

물로 사흘 배 사흘
먼 삼천 리
더더구나 걸어 넘는 먼 삼천 리
삭주구성은 산을 넘은 육천 리요

물 맞아 함빡히[1] 젖은 제비도
가다가 비에 걸려 오노랍니다
저녁에는 높은 산
밤에 높은 산

삭주구성은 산 너머
먼 육천 리
가끔가끔 꿈에는 사오천 리
가다오다 돌아오는 길이겠지요

서로 떠난 몸이기에 몸이 그리워
님을 둔 곳이기에 곳이 그리워
못 보았소 새들도 집이 그리워
남북으로 오며가며 아니합디까

들 끝에 날아가는 나는 구름은
반쯤은 어디 바로가 있을 텐고
삭주구성은 산 너머
먼 육천 리

---

1) 함빡히 ― 함뿍 가득히.

산

산새도 오리나무
위에서 운다
산새는 왜 우노, 시메산골[1]
영(嶺) 넘어 가려고 그래서 울지.

눈은 내리네, 와서 덮이네.
오늘도 하룻길
칠팔십 리
돌아서서 육십 리는 가기도 했소.

불귀(不歸), 불귀(不歸), 다시 불귀(不歸),
삼수갑산(三水甲山)[2]에 다시 불귀(不歸).
사나이 속이라 잊으련만,
십오 년 정분을 못 잊겠네.

산에는 오는 눈, 들에는 녹는 눈.
산새도 오리나무
위에서 운다.
삼수갑산 가는 길은 고개의 길.

---

1) 시메산골 — 두메 산골.
2) 삼수갑산(三水甲山) — 함경도의 지명.

산 위에

산 위에 올라서서 바라다보면
가로막힌 바다를 마주 건너서
님 계시는 마을이 내 눈 앞으로
꿈 하늘 하늘같이 떠오릅니다

흰 모래 모래 빗긴 선창(船艙)가에는
한가한 뱃노래가 멀리 잦으며
날 저물고 안개는 깊이 덮여서
흩어지는 물꽃뿐 안득입니다

이윽고 밤 어둡는 물새가 울면
물결 좇아 하나둘 배는 떠나서
저 멀리 한 바다로 아주 바다로
마치 가랑잎같이 떠나갑니다

나는 혼자 산에서 밤을 새우고
아침 해 붉은 볕에 몸을 씻으며
귀 기울고 솔곳이 엿듣노라면
님 계신 창(窓) 아래로 가는 물노래

산유화(山有花)

산에는 꽃 피네
꽃이 피네
갈 봄 여름 없이
꽃이 피네

산에
산에
피는 꽃은
저만치 혼자서 피어 있네

산에서 우는 작은 새요
꽃이 좋아
산에서
사노라네

산에는 꽃 지네
꽃이 지네
갈 봄 여름 없이
꽃이 지네

삼수갑산(三水甲山)

— 次岸曙[1] 先生三水甲山韻 —

삼수갑산[2] 내 왜 왔노, 삼수갑산 어디메냐.
오고나니 기험(奇險)타. 아하 물도 많고 산 첩첩이라

내 고향을 도로 가자, 내 고향을 내 못 가네.
삼수갑산 멀더라 아하 촉도지란(蜀道之難)이 예로구나

삼수갑산 어디메냐, 내가 오고 내 못 가네
불귀(不歸)로다 내 고향을 아하, 새가 되면 떠가리라

님 계신 곳 내 고향을 내 못 가네 내 못 가네.
오나가나 야속타, 아하 삼수갑산 날 가두었네.

내 고향을 가고지고 오호 삼수갑산 날 가두었네
불귀(不歸)로다 내 몸이야 아하 삼수갑산 못 벗어난다

---

1) 안서(岸曙) — 시인이자 평론가인 김억(金億)의 호.
2) 삼수갑산(三水甲山) — 함경도의 지명. 돌아나오기 힘든 첩첩산중 오지를 뜻하기
   도 한다.

상쾌한 아침

무연한[1] 벌 위에 들어다 놓은 듯한 이 집
또는 밤새에 어디서 어떻게 왔는지 아지 못할 이 비.
신개지(新開地)에도 봄은 와서 가냘픈 빗줄은
뚝가의 어슴푸레한 개버들 어린 엄도 축이고,
난벌[2]에 파릇한 뉘 집 파밭에도 뿌린다.
뒷 가시나무 밭에 깃들인 까치떼 좋아 지껄이고
개굴가에서 오리와 닭이 마주 앉아 깃을 다듬는다.
무연한 이 벌 심어서 자라는 꽃도 없고 메꽃도 없고
이 비에 장차 이름 모를 들꽃이나 필는지?
장쾌한 바닷물결, 또는 구릉의 미묘한 기복도 없이
다만 되는 대로 되고 있는 대로 있는 무연한 벌!
그러나 나는 내버리지 않는다. 이 땅이 지금 쓸쓸하다고,
나는 생각한다. 다시금, 시원한 빗발이 얼굴에 칠 때,
예서뿐 있을 앞날의 많은 변전의 후에
이 땅이 우리의 손에서 아름다워질 것을! 아름다워질 것을!

---

1) 무연하다 — 아득하게 너르다. 무심히 아득하다.
2) 난벌 — 집이나 동네에서 멀리 떨어진 벌. 광야.

새벽

낙엽에 발이 숨는 못물가에
우뚝우뚝한 나무 그림자
물빛조차 어슴프레히 떠오르는데,
나 혼자 섰노라, 아직도 아직도,
동녘 하늘은 어두운가.
천인(天人)에도 사랑 눈물, 구름 되어,
외로운 꿈의 베개 흐렸는가.
나의 님이여, 그러나 그러나,
고이도 불그스레 물 길러 와라
하늘 밝고 저녁에 섰는 구름.
반달은 중천에 지새일 때.

생(生)과 사(死)

살았대나 죽었대나 같은 말을 가지고
사람은 살아서 늙어서야 죽나니,
그러하면 그 역시 그럴 듯도 한 일을,
하필코 내 몸이라 그 무엇이 어째서
오늘도 산마루에 올라서서 우느냐.

서로 믿음

당신한테 물어 볼까 내 생각은
이 물과 저 물이 모두 흘린
무엇을 뜻함이 있느냐고?
죽은 듯이 고요한 골짜기엔
꺼림칙한 괴로운 몹쓸 꿈만
빛 검은 물이 되어 흐르지요
품 안아 올려 누인 나의 당신
눈 없이 어릅쓰는[1] 이 손길은
시로 내 가슴에서 치우세요
그러나 이보세요 여기야요
밝고 호젓한 보름달이
새벽의 흔들리는 물노래로
부끄러워 무서워 숨을 듯이
떨고 있는 물 밑을 못 보세요
아직 그래도 나의 당신
머뭇거림이 있는가요
저 산과 이 산이 마주 서선
무엇을 뜻하는 줄 아시나요

---

1) 어릅쓰다 — 더듬어 안고 쓸다. 대충 쓸어 보다.

서울밤

붉은 전등.
푸른 전등.
널따란 거리면 푸른 전등.
막다른 골목이면 붉은 전등.
전등은 반짝입니다.
전등은 그물입니다.
전등은 또다시 어스럿합니다.[1]
전등은 죽은 듯한 긴 밤을 지킵니다.

나의 가슴의 속모를 곳의
어둡고 밝은 그 속에서도
붉은 전등이 호득여[2] 웁니다.
푸른 전등이 호득여 웁니다.

붉은 전등.
푸른 전등.
머나먼 밤하늘은 새카맙니다.
머나먼 밤하늘은 새카맙니다.

서울 거리가 좋다고 해요,
서울 밤이 좋다고 해요.
붉은 전등.
푸른 전등.
나의 가슴의 속모를 곳의
푸른 전등은 고적합니다.
붉은 전등은 고적합니다.

---

1) 어스럿하다 — 빛살이 조금 어둑하다.
2) 흐득이다 — 서러워 흐느껴 울다.

설움의 덩이

꿇어앉아 올리는 향로(香爐)의 향불.
내 가슴에 조그만 설움의 덩이.
초닷새 달 그늘에 빗물이 운다.
내 가슴에 조그만 설움의 덩이.

수아(樹芽)

섶다 해도
웬만한,
봄이 아니어,
나무도 가지마다 눈을 텄어라!

신앙(信仰)

눈을 감고 잠잠히 생각하라.
무거운 짐에 우는 목숨에는
받아 가질 안식을 더 하랴고
반드시 힘있는 도움의 손이
그대들을 위하여 내밀어지리니.

그러나 길은 다하고 날이 저무는가,
애처로운 인생이여
종소리는 배바삐[1) 흔들리고
애구 조가(弔歌)는 비껴 울 때
머리 수그리며 그대 탄식하리.

그러나 꿇어앉아 고요히
빌라, 힘있게 경건하게
그대의 맘 가운데
그대를 지키고 있는 아름다운 신을
높이 우러러 경배하라.

멍에는 괴롭고 짐은 무거워도
두드리던 문은 머지않아 열릴지니,
가슴에 품고 있는 멸멸의 그 등잔을
부드러운 예지의 기름으로
채우고 또 채우라.

그러하면 목숨의 봄 두던의
살음을 감사하는 높은 가지,
잊었던 진리의 몽우리에 잎은 피며,
신앙 불붙는 고운 잔디
그대의 헐벗은 영(靈)을 싸덮으리.

---

1) 배바삐 — 드바삐. 매우 서둘러.

실제(失題) I

이 가람과 저 가람이 모두 쳐흘러
그 무엇을 뜻하는고?

미더움을 모르는 당신의 맘

죽은 듯이 어두운 깊은 골의
꺼림칙한 괴로운 몹쓸 꿈의
퍼르죽죽한 불길은 흐르지만
더듬기에 지치운 두 손길은
불어가는 바람에 식히셔요

밝고 호젓한 보름달이
새벽에 흔들리는 물노래로
수줍음에 추움에 숨을 듯이
떨고 있는 물 밑은 여기외다.

미더움을 모르는 당신의 맘

저 산과 이 산이 마주 서서
그 무엇을 뜻하는고?

애모(愛慕)

왜 아니 오시나요.
영창에는 달빛, 매화꽃이
그림자는 산란히 휘젓는데.
아이, 눈 꽉 감고 요대로 잠을 들자.

저 멀리 들리는 것!
봄철의 밀물 소리
물나라의 영롱한 구중궁궐, 궁궐의 오요한[1] 곳,
잠 못 드는 용녀의 춤과 노래, 봄철의 밀물 소리.

어두운 가슴 속의 구석구석……
환연한 거울 속에, 봄구름 잠긴 곳에,
소슬비 내리며, 달무리 둘려라.
이대도록 왜 아니 오시나요. 왜 아니 오시나요.

---

1) 오요한 — 그윽히 빛나는.

야(夜)의 우적(雨滴)

어데로 돌아가랴,
나의 신세는,
내 신세 가엾이도
물과 같아라.

험구진 산막지면
돌아서 가고,
모지른 바위이면
넘쳐 흐르랴.

그러나 그리해도
헤날 길 없어,
가엾은 설움만은
가슴 눌러라.

그 아마 그도 같이
야(夜)의 우적(雨滴),
그같이 지향없이
헤매임이라.

어려 듣고 자라 배워 내가 안 것은

이것이 어려운 일인 줄은 알면서도,
나는 아득이노라, 지금 내 몸이
돌아서서 한 걸음만 내어놓으면!
그 뒤엔 모든 것이 꿈 되고 말련마는,
그도 보면 엎드러친 물은 흘러 버리고
산에서 시작한 바람은 벌에 불더라.

타다 남은 촉(燭)불의 지는 불꽃을
오히려 뜨거운 입김으로 불어 가면서
비추어 볼 일이야 있으랴, 오오 있으랴
차마 그대의 두려움에 떨리는 가슴의 속을,
때에 자리잡고 있는 낯 모를 그 한 사람이
나더러 「그만하고 갑시사」 하며, 말을 하더라.

붉게 익은 댕추의 씨로 가득한 그대의 눈은
나를 가르쳐 주었어라, 열 스무 번 가르쳐 주었어라.
어려 듣고 자라 배워 내가 안 것은
무엇이랴 오오 그 무엇이랴?
모든 일은 할 대로 하여 보아도
얼마만한 데서 말 것이더라.

어버이

잘 살며 못 살며 할 일이 아니라
죽지 못해 산다는 말이 있나니,
바이[1] 죽지 못할 것도 아니지마는
금년에 열네 살, 아들 딸이 있어서
순복이 아버님은 못 하노란다.

---

1) 바이 — 다른 도리 없이. 전혀. 오히려.

어인(漁人)

헛된 줄 모르고나 살면 좋아도!
오늘도 저 너머엣편 마을에서는
고기잡이 배 한 척 길 떠났다고.
작년에도 바다 놀이 무서웠건만.

엄마야 누나야

엄마야 누나야 강변 살자,
뜰에는 반짝이는 금모래빛,
뒷문 밖에는 갈잎의 노래
엄마야 누나야 강변 살자.

여름의 달밤

서늘하고 달 밝은 여름밤이여
구름조차 희미한 여름밤이여
그지없이 거룩한 하늘로서는
젊음의 붉은 이슬 젖어내려라

행복의 맘이 도는 높은 가지의
아슬아슬 그늘 잎새를
배불러 기어도는 어린 벌레도
아아 모든 물결은 복받았어라.

뻗어뻗어 오르는 가시 덩굴도
희미하게 흐르는 푸른 달빛이
기름 같은 연기에 멱감을러라.
아아 너무 좋아서 잠 못 들어라.

우긋한[1) 풀대들은 춤을 추면서
갈잎들은 그윽한 노래 부를 때,
오오 내려 흔드는 달빛 가운데
나타나는 영원을 말로 새겨라.

자라는 물벼이삭 벌에서 불고
마을로 은(銀)숫듯이 오는 바람은
눅잣추는2) 향기를 두고 가는데
인가(人家)들은 잠들어 고요하여라.

하루 종일 일하신 아기 아버지
농부들도 편안히 잠들었어라.
영 기슭의 어둑한 그늘 속에선
쇠스랑과 호미뿐 빛이 피어라.

이윽고 식새리3)의 우는 소리는
밤이 들어가면서 더욱 잦을 때
나락밭 가운데의 우물가에는
농녀(農女)의 그림자가 아직 있어라.

달빛은 그무리며4) 넓은 우주에
잃어졌다 나오는 푸른 별이요.
식새리의 울음의 넘는 곡조요.
아아 기쁨 가득한 여름밤이여.

삼간집에 불붙는 젊은 목숨의
정열에 목맺히는 우리 청춘은
서느러운 여름밤 잎새 아래의
희미한 달빛 속에 나부끼어라.

한때의 자랑 많은 우리들이여
농촌에서 지내는 여름보다도
여름의 달밤보다 더 좋은 것이
인간에 이 세상에 다시 있으랴.

조그만 괴로움도 내어 버리고
고요한 가운데서 귀 기울이며
흰 달의 금물결에 노를 저어라
푸른 밤의 하늘로 목을 놓아라.

아아 찬양하여라 좋은 한때를
흘러가는 목숨을, 많은 행복을
여름의 어스레한 달밤 속에서
꿈 같은 즐거움의 눈물 흘러라.

---

1) 우긋하다 — 좀 우거져 있다.
2) 눅잦추다 — 도로 누그러지게 하는. 위로하다.
3) 식새리 — '쓰르라미'의 방언.
4) 그무리다 — 불빛이 밝아졌다 침침해졌다 하다.

여수(旅愁)

1
유월 어스름 때의 빗줄기는
암황색의 시골(屍骨)을 묶어 세운 듯,
뜨며 흐르며 잠기는 손의 널 쪽은
지향도 없어라, 단청(丹靑)의 홍문(紅門)!

2
저 오늘도 그리운 바다,
건너다보자니 눈물겨워라!
조그마한 보드라운 그 옛적 심정의
분결 같던 그대의 손의
사시나무보다도 더한 아픔이
내 몸을 에워싸고 휘떨며 찔러라,
나서 자란 고향의 해돋는 바다요.

여자의 냄새

푸른 구름의 옷 입은 달의 냄새.
붉은 구름의 옷 입은 해의 냄새.
아니 땀냄새, 때묻은 냄새.
비에 맞아 더러운 살과 옷 냄새.

푸른 바다…… 어즈리는[1] 배……
보드라운 그리운 어떤 목숨의
조그마한 푸릇한 그무러진 영(靈)
어우러져 빗기는 살의 아우성……

다시는 장사(葬事) 지나간 숲 속의 냄새.
유령(幽靈) 실은 널뛰는 뱃간의 냄새.
생고기의 바다의 냄새.
늦은 봄의 하늘을 떠도는 냄새.

모래 두던 바람은 그물 안개를 불고
먼 거리의 불빛은 달 저녁을 울어라.
냄새 많은 그 몸이 좋습니다.
냄새 많은 그 몸이 좋습니다.

---

1) 어즈리는 ― 어지러운. 흔들리는.

열락(悅樂)

어둡게 깊게 목메인 하늘.
꿈의 품 속으로 굴러나오는
애달피 잠 안 오는 유령(幽靈)의 눈결.
그림자 검은 개버드나무에
쏟아져 내리는 비의 줄기는
흐느껴 비끼는 주문(呪文)의 소리.

시커먼 머리채 풀어 헤치고
아우성하면서 가시는 따님.
헐벗은 벌레들은 꿈트릴 때,
흑혈(黑血)의 바다. 고목동굴(枯木洞窟).
탁목조(啄木鳥)[1]의
쪼아리는 소리, 쪼아리는 소리.

---

1) 탁목조(啄木鳥) — 딱다구리.

예전엔 미처 몰랐어요

봄 가을 없이 밤마다 돋는 달도
「예전엔 미처 몰랐어요」

이렇게 사무치게 그리울 줄도
「예전엔 미처 몰랐어요」

달이 암만 밝아도 쳐다볼 줄을
「예전엔 미처 몰랐어요」

이제금 저 달이 설움인 줄은
「예전엔 미처 몰랐어요」

옛낯

생각의 끝에는 졸음이 오고
그리움의 끝에는 잊음이 오나니,
그대여 말을 말아라, 이후부터,
우리는 옛낯 없는 설움을 모르리.

옛 님을 따라가다 꿈 깨어 탄식함이라

붉은 해 서산 위에 걸리우고
뿔 못 영근 사슴이의 무리는 슬피 울 때,
둘러보면 떨어져 앉은 산과 거치른 들이
차례 없이 어우러진 외따로운 길을
나는 홀로 아득이며 걸었노라.
불서럽게¹⁾도 모신 그 여자의 사당에
늘 한 자루 촛불이 타붙음으로.

우둑히 서서 내가 볼 때,
몰아가는 말은 워낭 소리²⁾ 댕그랑거리며,
당주홍칠(唐朱紅漆)에 남견(藍絹)의 휘장을 달고
얼른얼른 지나던 가마 한 채.
지금이라도 이름 불러 찾을 수 있었으면!
어느 때나 심중(心中)에 남아 있는 한마디 말을
사람은 마저 하지 못하는 것을.

오오 내 집의 헐어진 문루(門樓) 위에
자리잡고 앉았는 그 여자의
화상(畵像)은 나의 가슴 속에서 물조차 날건마는!

오히려 나는 울고 있노라
생각은 꿈뿐을 지어 주나니.
바람이 나뭇가지를 스치고 가면
나도 바람결에 부쳐 버리고 말았으면.

---

1) 불서럽게 — 불쌍하고 서럽게.
2) 워낭 소리 — 소와 말에 달린 방울 소리.

옛 이야기

고요하고 어두운 밤이 오면은
어스레한 등불에 밤이 오면은
외로움에 아픔에 다만 혼자서
하염없는 눈물에 저는 웁니다

제 한몸도 예전엔 눈물 모르고
조그마한 세상을 보냈습니다
그때는 지난 날의 옛 이야기도
아무 설움 모르고 외웠습니다

그런데 우리 님이 가신 뒤에는
아주 저를 버리고 가신 뒤에는
전날에 제게 있던 모든 것들이
가지가지 없어지고 말았습니다

그러나 그 한때에 외워 두었던
옛 이야기뿐만은 남았습니다
나날이 짙어가는 옛 이야기는
부질없이 제 몸을 울려 줍니다

오과(午過)의 읍(泣)

노란 꽃에 수 놓인 푸른 뫼 위에,
볼새 없이 옮기는 해 그늘이여.

나물 그늘 옆에 낀 어린 따님의,
가는 나비 바라며 눈물 짐이여.

앞길가에 버들잎 벌써 푸르고,
어제 보던 진달래 흩어짐이여.

늦은 봄의 농사집 쓸쓸도 해라,
지개문만 닫히고 닭개 소리여.

벌에 부는 바람은 해를 보내고,
골에 우는 새 소리 옅어감이여.

누운 곳이 차차로 누거워[1] 오니,
이름 모를 시름에 해 늦음이여.

---

1) 누겁다 — 축축한 기운이 젖어들다.

오는 봄

봄날이 오리라고 생각하면서
쓸쓸한 긴 겨울을 지내 보내라.
오늘 보니 백양(白楊)의 벋은 가지에
전에 없이 흰 새가 앉아 울어라.

그러나 눈이 깔린 두던 밑에는
그늘이냐 안개냐 아지랑이냐.
마을들은 곳곳이 움직임없이
저편 하늘 아래서 평화롭건만.

새들게 1) 지껄이는 까치의 무리.
바다를 바라보며 우는 까마귀.
어디에서 오는지 종경 소리는
젊은 아기 나가는 조곡(弔曲)일러라.

보라, 때에 길손도 머뭇거리며
지향없이 갈 발의 곳을 몰라라.
사무치는 눈물은 끝이 없어도
하늘을 쳐다보는 삶의 기쁨.

저마다 외로움의 깊은 근심이
오도가도 못하는 망상거림 2)에
오늘은 사람마다 님을 여의고
곳을 잡지 못하는 설움 일러라.

오기를 기다리는 봄의 소리는
때로 여윈 손끝을 울릴지라도
수풀 밑에 서리운 머리결들은
걸음걸음 괴로이 발에 감겨라.

---

1) 새들게 ― 새도록.
2) 망상거림 ― 망설임.

옷과 밥과 자유

공중에 떠 다니는
저기 저 새요
네 몸에는 털 있고 깃이 있지.

밭에는 밭곡식
논에는 물벼
눌하게[1] 익어서 수그러졌네!

초산(楚山) 지나 적유령
넘어선다
짐 실은 저 나귀는 너 왜 넘니?

---

1) 눌하게 — 누렇게.

왕십리(往十里)

비가 온다
오누나
오는 비는
올지라도 한 닷새 왔으면 좋지.

여드레 스무 날엔
온다고 하고
초하루 삭망(朔望)이면 간다고 했지.
가도가도 왕십리 비가 오네.

웬걸, 저 새야
울려거든
왕십리 건너가서 울어나다고,
비 맞아 나른해서 벌새가 운다.

천안에 삼거리 실버들도
촉촉이 젖어서 늘어졌다네
비가 와도 한 닷새 왔으면 좋지.
구름도 산마루에 걸려서 운다.

우리 집

이바루
외따로 와 지나는 사람 없으니
「밤 자고 가자」하며 나는 앉아라.

저 멀리, 하늘편에
배는 떠나 나가는
노래 들리며

눈물은
흘러내려라
스르르 내려 감는 눈에.

꿈에도 생시에도 눈에 선한 우리 집
또 저 산 넘어넘어
구름은 가라.

외로운 무덤

그대 가자 맘 속에 생긴 이 무덤
봄은 와도 꽃 하나 안 피는 무덤.

그대 간 지 십년(十年)에 뭐라 못 잊고
제 철마다 이다지 생각 새론[1]고.

때 지나면 모두 다 잊는다 하나
어제런듯 못 잊을 서러운 그 옛날.

안타까운 이 심사 둘 곳이 없어
가슴치며 눈물로 봄을 맞노라.

---

1) 새론 — '새로운'의 시적 표현.

원앙침(鴛鴦枕)

바드득 이를 갈고
죽어 볼까요
창가에 아롱아롱[1]
달이 비친다.

눈물은 새우잠의
팔굽 베개요
봄 꿩은 잠이 없어
밤에 와 운다.

두동달이베개[2]는
어디 갔는고
언제는 둘이 자던 베갯머리에
「죽자 사자」 언약도 하여 보았지.

봄 메의 멧 기슭에
우는 접동도
내 사랑 내 사랑
좋이 울 것다.

두동달이베개는
어디 갔는고
창가에 아롱아롱
달에 비춘다.

---

1) 아롱아롱 — 점이나 줄이 솜솜하게 무늬를 이루고 있는 모양.
2) 두동달이베개 — 부부가 함께 베고 자는 베개. 부부애를 상징하는 말.

잊었던 맘

집을 떠나 먼 저곳에
외로이도 다니던 내 심사를!
바람 불어 봄꽃이 필 때에는
어찌타 그대는 또 왔는가.
저도 잊고 나니 저 모르던 그대
어찌하여 옛날의 꿈조차 함께 오는가.
쓸데도 없이 서럽게만 오고가는 맘.

자나 깨나 앉으나 서나

자나 깨나 앉으나 서나
그림자 같은 벗 하나이 내게 있었습니다.

그러나, 우리는 얼마나 많은 세월을
쓸데없는 괴로움으로만 보내었겠습니까!

오늘은 또다시, 당신의 가슴 속, 속 모를 곳을
울면서 나는 휘저어 버리고 떠납니다그려.

허수한[1] 맘, 둘 곳 없는 심사(心事)에 쓰라린 가슴은
그것이 사랑, 사랑이던 줄이 아니도 잊힙니다.

---

1) 허수한 — 허전하고 쓸쓸한.

잠

생각하는 머리에
누워 보는 글줄에
가깝게도 너는 늘
숨어드네 떠도네.

일곱 별의 밤하늘
번쩍이는 깁그물[1]
내 나래를 얽으며
달이 든다 가람물.

노래한다 갈잎새
꽃이 핀다 물모래
다복할사 내 베개
네게 맡길 그 한때.

하지마는 새로이
내 눈썹에 눈물이
젖는 줄을 알고는
그만 너는 가겠지.

두루 나는 찾는다
가신 네가 행여나
다시 올까 올까고
하지마는 일없다.

봄철이면 동틀녘
저녁이면 초저녁
그리운 이 너 하나
외로워서 슬플 적.

---

1) 깁그물 — 명주실로 무늬없이 좀 성기게 짠 그물.

장별리(將別里)

연분홍 저고리 빨갛게 불붙은
평양에도 이름 높은 장별리,
금실 은실의 가는 실비는
비스듬히 내리네, 뿌리네.

털털한 배암무늬 양산에
내리는 가는 실비는
위에나 아래나 내리네, 뿌리네.

흐르는 대동강 한복판에
울며 돌던 벌새의 떼무리,
당신과 이별하던 한복판에
비는 쉴 틈 없이 내리네, 뿌리네.

저녁

실 비끼듯 건너 맨 땅끝 아래로
바죽이 떠오르는 주홍의 저녁.
큰 두던 적은 두던 어울만이오.
물결은 힐끔하다 곳은 개구역

버스럭 소리 나는 나무 아래로
나가면 길을 좇아 몸은 어디로
아아 이는 맘대로 흘러 떠돌아
집길도 아닌 길에 오늘도 하루.

밤은 번쩍거리는 검은 못물에
잠기는 초승달이 힐끔하거든
아니 아직 저녁엔 빛이 있구나
아아 다시 그 무엇 오는 밤에는.

저녁때

마소의 무리와 사람들은 돌아들고, 적적히 빈 들에,
엉머구리[1] 소리 우거져라.
푸른 하늘은 더욱 낮추, 먼 산 비탈길 어둔데
우뚝우뚝한 드높은 나무, 잘 새도 깃들어라.

볼수록 넓은 벌의
물빛을 물끄러미 들여다보며
고개 수그리고 박은 듯이 홀로 서서
긴 한숨을 짓느냐. 왜 이다지!

온 것을 아주 잊었어라, 깊은 밤 예서 함께
몸이 생각에 가비엽고, 맘이 더 높이 떠오를 때.
문득, 멀지 않은 갈숲 새로
별빛이 솟구어라.

---

1) 엉머구리 — 개구리의 일종. 개구리보다 조금 크며, 누런 빛으로 등에 검은 반점
   이 있음.

접동새

접동
접동
아우래비접동[1]

진두강(津頭江) 가람가에 살던 누나는
진두강 앞 마을에
와서 웁니다.

옛날, 우리 나라
먼 뒤쪽의
진두강 가람가에 살던 누나는
의붓어미 시샘에 죽었습니다.

누나라고 불러보랴
오오 불설워[2]
시새움에 몸이 죽은 우리 누나는
죽어서 접동새가 되었습니다.

아홉이나 남아 되던 오랩동생[3]을
죽어서도 못 잊어 차마 못 잊어
야삼경(夜三更) 남 다 자는 밤이 깊으면
이 산 저 산 옮아가며 슬피 웁니다.

---

1) 아우래비접동 ― '아홉 오라비 동생'이라는 뜻을 형상한 접동새의 울음 소리.
2) 불설워 ― 불쌍하고 서러운.
3) 오랩동생 ― 오라비 동생. 여자의 남자형제.

제비

하늘로 날아다니는 제비의 몸으로도
일정한 깃을 두고 돌아오거든!
어찌 섧지 않으랴, 집도 없는 몸이야!

제이 · 엠 · 에스(J · M · S)

평양서 나신 인격의 그 당신님,
제이 · 엠 · 에스[1]
덕(德) 없는 나를 미워하시고
재조(材操)있던 나를 사랑하셨다
오산(五山) 계시던 제이 · 엠 · 에스
십년(十年) 봄 만에 오늘 아침 생각난다.
근년(近年) 처음 꿈없이 자고 일어나며.

얽은 얼굴에 자그만 키와 여윈 몸매는
달은 쇠끝같은 지조(志操)가 튀어날 듯
타듯 하는 눈동자만이 유난히 빛나셨다.
민족을 위하여는 더도 모르시는 열정의 그 님.

소박한 풍채, 인자하신 옛날의 그 모양대로,
그러나 아아 술과 계집과 이욕(利慾)에 헝클어져
십오 년에 허주한[1] 나를
웬일로 그 당신님
맘 속으로 찾으시오? 오늘 아침.
아름답다 큰 사랑은 죽는 법 없어

기억되어 항상 내 가슴 속에 숨어 있어
미처 거츠르는 내 양심을 잠 재우리,
내가 괴로운 이 세상 떠날 때까지.

---

1) 제이·엠·에스(J·M·S) — 김소월이 오산학교를 다닐 때 그를 가르치던 조만
   식 선생님을 뜻한다.
2) 허주하다 — 무심커나 소홀하다. 허비하다.

지연(紙鳶)

오후의 네길거리 해가 들었다,
시정(市井)의 첫겨울의 적막함이여,
우둑히[1] 문어귀에 혼자 섰으면,
흰 눈의 잎사귀, 지연이 뜬다.

---

1) 우둑히 — 우두커니.

진달래꽃

나 보기가 역겨워
가실 때에는
말없이 고이 보내드리우리다

영변에 약산
진달래꽃
아름 따다 가실 길에 뿌리우리다

가시는 걸음걸음
놓인 그 꽃을
사뿐히 즈려 밟고 가시옵소서

나 보기가 역겨워
가실 때에는
죽어도 아니 눈물 흘리우리다

집 생각

산에나 올라서서
바다를 보라
사면에 백여 리, 창파(滄波) 중에
객선만 중중…… 떠나간다.

명산대찰이 그 어느메냐
향안(香案), 향탑(香榻) 대그릇에,
석양이 산머리 넘어가고
사면에 백여 리, 물소리라

「젊어서 꽃 같은 오늘날로
금의(錦衣)로 환고향(還故鄕) 하옵소서.」
객선만 중중…… 떠나간다
사면에 백여 리, 나 어찌 갈까

까투리도 산 속에 새끼치고
타관만리에 와 있노라고
산중만 바라보며 목메인다
눈물이 앞을 가리운다고

들에나 내려오면
치어다보라
해님과 달님이 넘나든 고개
구름만 첩첩······ 떠돌아간다

찬 저녁

퍼르스럿한 달은, 성황당의
데군데군 헐어진 담 모도리[1]에
우둑히 걸리었고, 바위 위의
까마귀 한 쌍, 바람에 나래를 펴라.

엉기한 무덤들은 들먹거리며,
눈 녹아 황토 드러난 멧기슭의,
여기라, 거리 불빛도 떨어져 나와,
집짓고 들었노라, 오오 가슴이여

세상은 무덤보다도 다시 멀고
눈물은 물보다 더 더움이 없어라.
오오 가슴이여, 모닥불 피어오르는
내 한세상 마당가의 가을도 갔어라.

그러나 나는, 오히려 나는
소리를 들어라 눈석이물이 씨거리는
땅 위에 누워서, 밤마다 누워,
담 모도리에 걸린 달을 내가 또 보므로.

---

1) 모도리 ― '모서리'의 평안 방언.

천리 만리(千里萬里)

말리지 못할 만치 몸부림하며
마치 천리 만리나 가고도 싶은
맘이라고나 하여 볼까.
한 줄기 쏜살같이 뻗은 이 길로
줄곧 치달아 올라가면
불붙는 산의, 불붙는 산의
연기는 한두 줄기 피어올라라.

첫 눈

땅 위에서 녹으며
성긴 가지 적시며
잔디 뿌리 축이며
골에 바람 지나며
숲에 물은 흐르며
눈도 좋이 오고녀.

초열흘은 넘으며
대보름은 맞으며
목화송이 피우며
들에 안개 잠그며
꿩도 짝을 부르며
눈도 좋이 오고녀.

첫 치마

봄은 가나니 저문 날에,
꽃은 지나니 저문 봄에,
속없이 우나니, 지는 꽃을,
속없이 느끼나니 가는 봄을,
꽃 지고 잎 진 가지를 잡고
미친 듯 우나니 집난이[1]는
해 다 지고 저문 봄에
허리에다 감은 첫 치마를
눈물로 함빡히[2] 쥐어짜며
속없이 우노나 지는 꽃을,
속없이 느끼노나, 가는 봄을.

---

1) 집난이 ― 새로 시집간 색시. 출가녀.
2) 함빡히 ― 함뿍 가득히.

초혼(招魂)

산산이 부서진 이름이여!
허공 중에 헤어진 이름이여!
불러도 주인 없는 이름이여!
부르다가 내가 죽을 이름이여!

심중에 남아 있는 말 한마디는
끝끝내 마저하지 못하였구나.
사랑하던 그 사람이여!
사랑하던 그 사람이여!

붉은 해는 서산 마루에 걸리었다.
사슴의 무리도 슬피 운다.
떨어져 나가 앉은 산 위에서
나는 그대의 이름을 부르노라.

설움에 겹도록 부르노라.
설움에 겹도록 부르노라.
부르는 소리는 비껴 가지만
하늘과 땅 사이가 너무 넓구나.

선 채로 이 자리에 돌이 되어도
부르다가 내가 죽을 이름이여!
사랑하던 그 사람이여!
사랑하던 그 사람이여!

춘 강(春崗)

속잎 푸른 고울 잔디.
소래라도 내려는 듯,
쟁쟁하신 고운 햇볕
눈 뜨기에 바드랍네.[1]

자주 들인 적은 꽃과
노란 물든 산국화엔,
달고 옅은 인새[2] 흘러
나비 벌이 잠재우네.

복사나무 살구나무,
불그스레 취(醉)하고,
개창버들[3] 파란 가지
길게 늘여 어리이네.

일에 갔던 파린 소는
서룬 듯이 길게 울고,
모를 시름 조던 개는
다리 뻗고 하품하네.

청초(靑草) 청초 우거진 곳,
송이송이 붉은 꽃숨,
꿈같이 그 우리 님과
손목 잡고 놀던 델세.

---

1) 바드랍다 — 위태롭다. 모질다.
2) 인새 — '꿀'의 방언.
3) 개창버들 — 갯버들.

춘향(春香)과 이도령(李道令)

평양에 대동강은
우리 나라에
곱기로 으뜸가는 가람이지요

삼천리 가다가다 한가운데는
우뚝한 삼각산이
솟기도 했소

그래 옳소 내 누님, 오오 누이님
우리 나라 섬기던 한 옛적에는
춘향과 이도령도 살았다지요

이편에는 함양, 저편에는 담양,
꿈에는 가끔가끔 산을 넘어
오작교 찾아찾아 가기도 했소

그래 옳소 누이님, 오오 내 누님
해 돋고 달 돋아 남원 땅에는
성춘향 아가씨가 살았다지요

팔베개 노래조(調)

첫날에는 길동무
만나기 쉬운가
가다가 만나서
길동무 되지요.

날 긇다[1] 말아라
가장(家長)님만 님이랴
오다가다 만나도
정 붙이면 님이지.

화문석(花紋席) 돗자리
놋촛대 그늘엔
칠십 년 고락을
다짐 둔 팔베개.

드나는 곁방의
미닫이 소리라
우리는 하룻밤
빌어얻은 팔베개.

조선(朝鮮)의 강산(江山)아
네가 그리 좁더냐
삼천리 서도(西道)를
끝까지 왔노라.

삼천리 서도를
내가 여기 왜 왔나
남포(南浦)의 사공님
날 실어다 주었소.

집 뒷산 솔밭에
버섯 따던 동무야
어느 뉘집 가문에
시집 가서 사느냐.

영남(嶺南)의 진주(晋州)는
자라난 내 고향
부모없는
고향이라우.

오늘은 하룻밤
단잠의 팔베개
내일은 상사(相思)의
거문고 베개라.

첫 닭아 꼬꾸요
목놓지 말아라
품 속에 있던 님
갈 차비 차릴라.

두루두루 살펴도
금강(金剛) 단발령(斷髮令)
고갯길도 없는 몸
나는 어찌 하라우.

영남의 진주(晉州)는
자라난 내 고향
돌아갈 고향은
우리 님의 팔베개.

---

1) 긇다 — '그르다'의 방언.

풀따기

우리 집 뒷산에는 풀이 푸르고
숲 사이의 시냇물, 모래 바닥은
파아란 풀 그림자, 떠서 흘러요.

그리운 우리 님은 어디 계신고.
날마나 피어나는 우리 님 생각.
날마다 뒷산에 홀로 앉아서
날마다 풀을 따서 물에 던져요.

흘러가는 시내의 물에 흘러서
내어던진 풀잎은 옅게 떠갈 제
물살이 해적해적 품을 헤쳐요.

그리운 우리 님은 어디 계신고.
가엾은 이내 속을 둘 곳 없어서
날마다 풀을 따서 물에 던지고
흘러가는 잎이나 맘해[1] 보아요.

---

1) 맘하다 — 마음 속에 새기다. 마음을 두다.

하다못해 죽어 달래가 옳나

아주 나는 바랄 것 더 없노라
빛이랴 허공이랴,
소리만 남은 내 노래를
바람에나 띄워서 보낼 밖에.
하다못해 죽어 달래가 옳나
좀더 높은 데서나 보았으면!

한세상 다 살아도
살은 뒤 없을 것을,
내가 다 아노라 지금까지
살아서 이만큼 자랐으니
예전에 지내 본 모든 일을
살았다고 이를 수 있을진댄!

물가의 닳아져 널린 굴 껍질에
붉은 가시덤불 뻗어 늙고
어둑어둑 저문 날을
비바람에 울지는[1] 돌무더기
하다못해 죽어 달래가 옳나
밤의 고요한 때라도 지켰으면!

_____

1) 울지다 ― 울부짖다. 흐느끼다.

항전애창(巷傳哀唱) 명주딸기

1

딸기 딸기 명주딸기
집집이 다 자란 맏딸아기
딸기 딸기는 다 익었네
내일은 열하루 시집갈 날
일모창산[1] 날 저문다
월출동정에 달이 솟네
오호로 배 띄어라
범녀도 님 싣고 떠나간 길

노던 벌에
오는 비는
숙낭자의
눈물이라

어얼시구 밤이 간다
내일은 열하루 시집갈 날

2

흰꽃 흰꽃 흰 나비와
흰 이마 흰 눈물 검은 머리.

흰꽃 흰꽃 나붓는데
흰 이마 흰 눈물 검은 머리.

3
산에서 보면 바다가 좋고
바다에서는 산이 좋고
온데 간데 다 좋아도
어디다 내 집을 지어 둘고.

4
있다고 있는 척 못할 일이
없다고 부러워 안할 일이
세상에 못난 이 없는 것이
저 잘난 성수[2]에 살아 보리.

5
죽어간 님을 님이래랴
뚫어진 신짝을 신이래랴.
앞 남산에 불탄 등걸[3]
잎 피던 자국에 좀이 드네.

---

1) 일모창산 — 산에 해가 짐. 민요의 상투구.
2) 성수 — 운수.
3) 등걸 — 나무 베어낸 밑둥. 그루터기.

해가 산마루에 저물어도

해가 산마루에 저물어도
내게 두고는 당신 때문에 저뭅니다.

해가 산마루에 올라와도
내게 두고는 당신 때문에 밝은 아침이라고 할 것입니다.

땅이 꺼져도 하늘이 무너져도
내게 두고는 끝까지 모두 다 당신 때문에 있습니다.

다시는, 나의 이러한 맘뿐은, 때가 되면
그림자같이 당신한테로 가오리다.

오오, 나의 애인이었던 당신이여.

해 넘어가기 전 한참은

해 넘어가기 전 한참은
하염없기도 그지없다,
연주홍물 엎지른 하늘 위에
바람의 흰 비둘기 나돌으며 나뭇가지는 운다.

해 넘어가기 전 한참은
조마조마하기도 끝없다,
저의 맘을 제가 스스로 늦구는 이는 복(福) 있나니
아서라, 피곤한 길손은 자리잡고 쉴지어다.

까마귀 좇닌다
종소리 비낀다.
송아지가 「음마」 하고 부른다.
개는 하늘을 쳐다보며 짖는다.

해 넘어가기 전 한참은
처량하기도 꺽없다
마을 앞 개천가의 체지(體地) 큰 느티나무 아래를
그늘진 데라 찾아 나가서 숨어 울다 올거나.

해 넘어가기 전 한참은
귀엽기도 더하다.
그렇거든 자네도 이리 좀 오시게
검은 가사로 몸을 싸고 염불이나 외우지 않으랴.

해 넘어가기 전 한참은
유난히 다정(多情)도 할세라
고요히 서서 물모루[1] 모루모루
치마폭 번쩍 펼쳐들고 반겨오는 저 달을 보시오.

---

1) 모루 — 산이나 물결 따위의 골마루 또는 모퉁이.

황촉불

황촉불, 그저도 까맣게
스러져가는 푸른 창을 기대고
소리조차 없는 흰 밤에,
나는 혼자 거울에 얼굴을 묻고
뜻없이 생각없이 들여다보노라.
나는 이르노니, 「우리 사람들
첫날밤은 꿈 속으로 보내고
죽음은 조는 동안에 와서,
별 좋은 일도 없이 스러지고 말아라.」

후살이

홀로된 그 여자
근일에 와서는 후살이[1] 간다 하여라.
그렇지 않으랴, 그 사람 떠나서
이제 십년 저 혼자 더 살은 오늘날에 와서야……
모두 다 그럴 듯한 사람 사는 일례요.

---

1) 후살이 — 두 번째 시집가는 것. 후처살이.

희망

날은 저물고 눈이 내려라
낯설은 물가으로 내가 왔을 때.
산 속의 올빼미 울고 울며
떨어진 잎들은 눈 아래로 깔려라.

아아 소살(蕭殺)스러운 풍경이여
지혜의 눈물을 내가 얻을 때!
이제금 알기는 알았건마는!
이 세상 모든 것을
한갓 아름다운 눈어림의
그림자뿐인 줄을.

이울어 향기 깊은 가을밤에
우무주러진[1] 나무 그림자
바람과 비가 우는 낙엽 위에.

---

1) 우무주러진 — 움츠러지다.

소월(素月)의 편지

마음 둘 데 없어

— 岸曙 金億 선생님에게 —

몇 해 만에 선생님의 수적(水績)을 뵈오니 감개무량하옵니다. 그 후에 보내 주신 책 「망우초(忘憂草)」는 재삼 피열(披閱)하올 때에, 바루 함께 있어 모시던 그 옛날이 눈앞에 방불하옴을 깨닫지 못하였습니다.

제(題) 망우초는 근심을 잊어버리란 망우초이옵니까? 잊어버리라는 망우초이옵니까? 잊자하는 망우초이옵니까? 저의 생각 같아서는, 이 마음 둘 데가 없어 잊자하니 망우초라 불렀으면 좋겠다고 생각하옵니다.

저 구성(龜城) 와서 명년이면 10년이올시다. 10년도 이럭저럭 짧은 세월이란 모양이외다. 산촌에 와서 10년 있는 동안에 산천은 별로 변함이 없이 뵈어도, 인사는 아주 글러진 듯하옵니다. (중략)

요전 호(號) 「삼천리」에 이러한 절구(絶句)가 있어서

生也一片浮雲起 死也一片浮雲滅
浮雲自體本無質 生死去如亦如是
라 하였사옵니다.

저 지금 이렇게 생각하옵니다. 초조하지 말자고, 초조하지 말자고. 자고 이래로 중추명월(中秋明月)을 일컬어 왔습니다. 오늘밤 창밖에 달빛(月色), 옛 소설에 어느 여자 다리(橋) 난간에 기대어 있어, 흐느껴 울며 또 죽음의 유혹에 박행한 신세를 소스라지게도 울던 그 달빛, 그 월색, 월색이 백주와 지지 않게 밝사옵니다.

1934년 9월 21일 밤
문하생 김정식 배

김 소 월

김광균 — 가을에 생각나는 사람 (김소월)

1934년 가을 소월이 안서(岸曙)에게 한 편지 가운데 이런 말이 있다.

"오늘이 열사흘 날 한 10년 만에 선조 무덤을 찾아 명일 고향 곽산(廓山)으로 뵈오려 가려 하옵니다. 지사(志士)는 비추(悲秋)라고 저는 지사야 되겠사옵니까마는 근일 몇 며칠 부는 바람에 베옷을 벗어 놓고 무명 것을 입고 마른 풀대 욱스러진 들가에 섰을 때에 마음이 어쩐지 먼 먼 어느 시절 옛 나라에 산 듯하여 지금은 너무나 소원하여진 그 나라에 있는 것 같이 좀 서러워지옵니다."

1934년 소월이 나이 33살에 그의 짧은 생애를 마친 해다. 편지를 띄운 곳은 남시(南市)다. 8·15후에 나온 중앙출판사판(中央出版社版) 지도를 보면 남시는 정주(定州)서 갈려서 구성(龜城), 삭주(朔州)를 지나 압록강변에 이르는 지방 철도의 조그만 정거장이 있는 한촌(寒村)이다.

소월이 남시로 가게 된 경과는 이러하다. 1924년 봄 22살 된 소월은 일본으로 건너가 동경상대 예과(東京商大豫科)에 입학하였다. 안서의 설명에 의하면 시로서는 밥을 먹을 수 없다는 계산에서 그는 문과(文科)를 버리고 상과(商科)를 택하였으나 1년이 채 못되어 조부의 광산 경영 실패로 학자가 끊어져 부득이 퇴학하였다. 동경서 고향으로 돌아가는 실망의 길에 서울 들러 청진동에 하숙을 정하고 약 4개월 체재하였다. 마지막으로 문필(文筆)로 생계를 세울 계획이 었던 모양이다.

서울서는 오산학교(五山學校)의 선생이던 안서가 주로 뒷배를 보아 주어서 여러 곳에 취직도 하고 혹은 투르게네프의 〈연기〉를 출판해 주마는 사람이 있어 번역을 하였으나 모두 예기턴 바와 달라 부득이 중지하였다 한다. 소월과 도향(稻香)의 젊은 교유(交遊)가 있던 것도 이때이다. 실의의 소월과 불우하였던 도향은 술을 마시고 때로 소월의 하숙에서 야심토록 문학과 시류(時流)를 통탄하였던 모양이다. 자세한 것은 지금 알 길이 없다.

급기야 넉 달 후에 서울을 떠나 고향인 곽산으로 내려갔다. 학업을 중도에 버리고 문필로 생계를 세울 것도 단념하고 약관의 희망의 대부분을 상실한 소월이 고향서 보낸 우울한 2년 동안의 심정은 자못 황량하였을 것이다.

〈닭소리〉 근처에서 나는 나대로 그의 심정을 아는 듯하다.

고향서 2년을 무위히 지낸 후 생각던 끝에 소월은 처가가 있는 남시로 생활을 옮겼다.

소월과 남시의 인연은 이렇게 맺어져서 10년 동안 그는 이곳에 살았고 32살에 스스로 자기 목숨을 끊은 곳도 이곳이 되고 말았다.

처음엔 동아일보 지국을 경영하다 보기 좋게 실패하였다. 20년 전의 한촌에서 신문판매업이 실패할 것은 처음부터 당연한 일이었을지도 모른다. 신문이 실패한 후엔 대금업(貸金業)을 하였던 모양이다.

시인 소월이 대금업을 하였다는데 대하여 의외로 생각할 독자도 있겠으나 안서의 〈김소월의 추억〉에도 이런 대목이 있다.

"소월이는 순정(殉情)의 사람은 아니외다. 어디까지든지 소위 심독(心毒)한 사람의 하나였습니다. 그러니 자연히 사물에 대하여 이해의 주판질을 잊어버릴 수가 없었던 것이외다."

대금업 즉 고리대금업으로 생각하여 소월에 대한 감정이 흐릴까 두려워하는 사람이 있다면 일종의 기우다. 소월은 모처럼 그가 생계를 위하여 택한 대금업에도 역시 실패하였다. 문학이 호구의 길 못 됨을 간파코 문과를 피하고 상과를 택하여 학업이 중단되자 시작 생활을 끊고 남시를 찾아간 그의 이지와 냉정으로도 대금업에 실패한 것은 그가 바탕이 예술가여서인지, 상재(商才)가 부족했는지 경제계의 시세가 나빴는지 모르나 다만 알 수 있는 것은 그가 악인이 될 수 없는 사람이었다는 것뿐이다.

사람으로도 성숙해 가는 30대의 초두에 인생에 대한 희망의 태반을 상실한 소월이 그의 총명과 이지로도 억누르지 못할 고독한 울분에 자포의 생활을 시작한 것은 동감할 바가 없지 않다.

소월이 진실로 생활의 고배를 마시고 시인으로서의 고충도 심했던 때는 이때일 것이다. 생활의 지주를 문학에서 단념한 위지(謂之) 약은 사람인 그가 실생활의 파선을 보고 나서도 오히려 더욱 분무(奮務)하기엔 그는 지나치게 상하기 쉬운 심정에 가득한 사람이었다. 차라리 생활의 고난을 무릅쓰고 시작에나 정진했던들 그의 요절을 미리 막을 수 있었을지 모르나 그는 그토록 의지가 굳센 사람도 못 됐을 것이다. 생각컨대 과거의 한국 시인의 태반이 서로 밥을 먹을 수 없다는 단순하고 큰 이유로 시정의 절벽에 굴러 떨어진 운명이 소월에게도 찾아왔다. 다르다면은 시정의 오탁에 끝까지 썩고 말기엔 그가 너무 모지고 야무진 성격의 사람이었을 뿐이다. 그의 육신에서 실망의 노래가 들려 나온 것은 당연한 일일 것이다.

반면에 소월의 만년에 나타나는 일련의 작품 〈돈타령〉, 〈생과 돈과 고락〉에 나오는 비속한 냄새는 그의 생활과 가까운 거리에서 나온 것이다.

작년 여름 계동(桂洞) 안서 댁에서 소월의 사진을 보았던 것이 지금 기억에 떠오른다. 일견하여 사진관도 아닌 여염집인데 뒤에 포장을 치고 두루마기를 입고 소월이 앉아 있다. 〈나 보기가 역겨워〉, 〈산유화〉의 작자는 소월이란 설명이 없었던들 어느 시골 잡화상의 사진이라고 오인토록 시골 때와 장사 내가 묻은 야무진 얼굴이었다. 이 정떨어진 얼굴에서 그 노래가 나왔는가 하고 나는 일종의 감회조차 끓어올라 왔다.

이 무렵에 그의 음주벽이 심하여 갔던 모양이다. 음주벽과 함께 그의 생래의 염인벽(厭人癖)으로 집에 들어 앉아 조석으로 술잔에 친하였던 모양이다.

중학 때 대부분의 착상을 하였다는 〈님의 노래〉 이하의 초기작이나 〈먼 후일〉 등의 중기작에 일관하여 시에 나타나 있는 야무진 것, 원망스러운 것, 수심가(愁心歌)에 가까운 다한한 리즘을 통하여 알 수 있는 모가 나도록 차가운 그의 성품으로 보아 좁은 시골 남시에 사는 사람들을 적으로 삼고 끓어오르는 비애와 절망을 술로 썻던 그의 일상 생활이 하나의 처참한 그림으로 내 머리에 떠오른다.

김소월
200

'첫 날에 길동무 만나기 쉬운가'로 시작되는 〈팔베개 노래조(調)〉 같은 주점에 취재한 시가 많음에도 불구하고 그는 성품이 깔끔하여 외색에 근엄한 사람인 대신 부부의 의(誼)가 매우 좋은 사람이었다 한다. 음주 때마다 부인에게도 한두 잔 권한 술이 부인도 어언간 주 배에 친하여 두 분이 술이 과한 날은 거리의 주점에 부부 함께 술을 마시러 가서 인근의 손가락질을 받았다는 이야기가 난 것도 이 무렵 일 것이다.

좁은 시골 사람이 우굴거리는 주점에 부부가 마주 앉아 서로 잔을 권하고 마시는 장면을 생각할 때 그의 생활의 지옥이 어떤 정도였던 가를 알 수 있다.

산간의 벽촌에 전등이 있을 리 없다. 주막집 초가 지붕 위엔 별도 뜨고 북관(北關) 특유(特有)의 낙막한 추풍에 낙엽도 숙조하였으리 라. 시인의 만년에 누가 한줄기 눈물을 아끼랴.

생활에 지칠 대로 지치고 절망할 대로 절망한 그에게도 이런 날이 왔다. J·M·S란 오산학교(五山學校)에서 그를 가르치던 조만식(曹 晩植) 선생이리라.

그러나 시 속에 나오는 J·M·S는 혼탁한 생활의 암흑을 뚫고 비 쳐오는 소월 자기의 양심이랄까, 희망이랄까, 그런 것이리라. 부르는 이름은 무엇이라도 좋다. 다만 이 시는 그가 처참한 생활 속에서 부 드러운 손을 뻗쳐 무엇인가가 자기를 구원해 주길 바라는 애절한 바 람일 것이다.

그 무렵의 시엔 여기저기 이런 경향이 나타나 있다.

소월은 마치 오랜 악몽에서 깬 듯이 무명옷을 걸치고 풀밭에 서 있다.

남시의 거리인지 야외인지는 모른다. 다만 남시는 면소(面所)가 있고 주재소(駐在所)가 있고 잡화상과 구멍가게 주막이 널려 있는 호수(戶數) 삼사백 호의 조그만 한촌이리라.

10년의 파도가 스쳐간 이 촌 들가에 서서 소월이 생각한 것은 무엇이었을까.

흐트러진 머릿속을 왕래하는 것은 우선 생활의 설계였을 것이다. 음주를 끊자, 건강한 생계를 세워서 이곳에 경건한 조석을 보내고 오래 그쳤던 시작에도 붓을 대자, 오래간만에 그는 자기와 자기 생활을 돌아다봤다. 소월의 메마른 두 볼엔 눈물이 흘러내렸을 것이다. 그는 망망한 구름이 오고가는 남쪽 하늘을 바라보고 서울에 있는 은사(恩師) 안서(岸曙)와 친구들에게 소리 없는 인사를 보냈을 것이다. 10년 만에 고향 곽산으로 추석 성묘를 가겠다고 안서에게 편지를 쓰고 시작을 계속하겠다고 맹세를 하였던 것도 이 무렵이 아닌가 생각된다. 그러나 불행히 이러한 모처럼인 재기의 보람도 얼마 못 갔다.

삼수갑산은 당시 안서가 발표한 시 〈삼수갑산〉에 소월이 자기류의 운을 붙여 개작한 것이다.

이 절창을 안서에게 보낸 지 얼마 안 돼 소월은 스스로 자기 목숨을 끊고 말았다. 비밀에 붙였던 일이니 이미 10여 년의 고사(故事)라 세상에 이를 발표해도 고인에게 욕되진 않을 것이다. 그는 가족 몰래 아편을 다량으로 마시고 하루 아침에 세상을 떠났다. 〈삼수갑산〉은 소월의 유작(遺作)이 되고 말았다. 삼수갑산이 날 가둔다고 목메어 부르던 소월, 남시는 소월의 삼수갑산이었고, 이 삼수갑산은 그대로 소월의 무덤이 되고 말았다.

〈삼수갑산〉이 그 무덤 위에 세워진 시비(詩碑)가 될 줄은 소월도 몰랐으리라.

"소월이도 무심히 쓴 것이고 받아 본 나도 무심히 받아 본 것이지마는 지금으로 보면 그것이 소월의 유작이었으니 이 또한 이 편지를 볼 때마다 나로서는 개인으로의 다시 없는 애석(愛惜)에 망연자실하는 바이외다. 이날 와서 편지와 함께 노래를 공개하는 나의 맘은 실로 쓰라리외다."

〈김소월의 추억〉에서 안서가 이렇게 한탄한 것은 당연한 심회일 것이다.

소월의 직접 사인은 모른다. 그의 유가족, 더욱 부인이 생존해 계심으로 직접 알 수도 있으나 38선이 가로막힌 지금 어려운 일이고, 38선이 없은들 고인에 대한 일을 부인이 말씀한다는 것도 기필코 어려운 일이다.

인간과 예술가로서의 위기를 아울러 맞이한 30대를 극복치 못하고 말았다는 것은 너무 냉혹한 비평일지 모른다.

소월의 재기를 막는 다른 조건이 있는지, 재기하기엔 그의 육체와 정신이 이미 황량한 생활에 깊이 중독되어 있었는지는 알 길이 없으나 그의 타협을 거부하는 강직한 성격과 야무지고 모가난 심정이 탁류의 꽃으로 살기보다 현실의 바름에 비량하여 스스로 꺾어지는 갈대의 운명을 즐겨 취했으리라는 것이 무난한 추측이 아닐까 한다.

소월이 태어난 한국이란 나라가 좀더 행복된 국토였더라면 하는 것은 우리의 유한(遺恨)이나 소월이 죽은 지금엔 한갓 허황한 푸념에 그침을 어찌하랴. 다만 영변 약산동대(寧邊藥山東臺)에 진달래가 피고 삭주구성(朔州龜城)에 비바람 스치는 연연세세(年年歲歲)마다 꽃잎 하나와 한줄기 비 소리에도 소월의 원망스러운 노래는 남아 있어 우리의 고인에 대한 흠모를 돋아 줌은 물론이요, 〈먼 후일〉에도 소월의 노래는 남아서 다감한 젊은이들의 베개 밑을 적시리라.

부기(附記)

　김소월에 대한 이야기의 대부분을 들려 주신 것은 안서(岸曙) 김억(金億) 씨이다. 김억 씨에게 감사하며 고인 및 고인의 유가족에게 결례된 바는 깊이 양해하심을 바란다. 문중(文中) 존칭(尊稱)을 생략하는 것이 나에게 차라리 자연스러웠던 것을 첨기하며.

1947년 10월 2일 밤
(1947년 11월 「민성(民聲)」지)

시대를 은유한 민족 시인

소월(素月) 김정식(金廷湜)은 1920년 3월, 「창조(創造)」지에 〈낭인(浪人)의 봄〉, 〈그리워〉 등 5편의 시를 발표해 시인으로 등단한 이래 1934년 12월, 평북 용성에서 32살의 젊은 나이로 음독 자살을 할 때까지 대략 230여 편에 이르는 시를 썼다. 그는 그 짧은 생애 동안 〈산유화〉, 〈진달래〉, 〈초혼(招魂)〉, 〈못 잊어〉, 〈금잔디〉 등 시대를 초월하여 애송되고 있는 절창(絶唱)의 시들을 남겨 놓음으로써 이 시대 최고의 서정 시인이라는 평가와 함께 우리 현대 문학사에서 절정의 자리를 차지하고 있다.

일제 식민지 치하의 암울한 시대. 민중의 정한(情恨)을 비탄과 눈물로 노래하다가 홀연히 세상을 떠난 김소월. 그가 죽은 지 이미 오래지만 그의 시들은 우리 민족의 끊임없는 사랑을 받아 오고 있다.

소월이 활동하던 1920년대는 사회적으로는 일제의 식민 정책이 폭력을 휘두르던 암울한 분위기였지만, 문학에 있어서는 우리 문학사의 르네상스라 할 정도로 많은 뛰어난 작가와 시인들이 척박했던 문학의 토양을 기름지게 했다. 「창조」와 「개벽」 등을 비롯해 여러 성격의 문예지들이 창간되었으며, 그 문예지를 중심으로 뛰어난 작품들이 많이 발표되었다.

당시 문예지의 창간과 함께 서구의 여러 다양한 문예사조들, 즉 이상주의, 자연주의, 낭만주의, 상징주의 등이 유입되었는데, 젊은 시인과 작가들은 그것에 영향을 받아 다양한 문학 세계를 창조했다. 이 무렵 시인들은 새로 받아들인 서구적인 감성을 전통적인 감성과 조화를 시켜 국가 상실의 절망감과 비탄을 표현하고자 했다. 하지만 소월은 당시 유행하던 서구의 문예사조에 휩쓸리지 않고 우리 민족 고유의 토착적인 정서를 시로 승화시키기 위해 노력한 시인이었다. 그는 우리 민족의 전통적인 민요성을 자신의 개성적인 감수성과 결합시켜 이른바 '정한(情恨)'의 서정시라는 고유한 형태로 창조해 냈다.

소월의 시에 있어 '여성성'은 절대적인 위치를 차지하고 있다. 1920년대 시문학은 주로 '실연(失戀)의 탄식'이라는 여성주의적 성격을 띠고 있었는데, 그의 시는 이러한 경향의 한 극점이 되었다. 그의 시들은 거의 대부분이 여성의 이미지를 내포하고 있다. 특히 소재에 있어서는 여성 지향적인 경향이 매우 짙다. 님, 눈물, 슬픔, 사랑, 그리움, 달, 비 등의 감성적인 것에서부터 원앙침, 베개, 연분홍 치마, 금실은실 등의 사실적인 물건들까지 소월의 시어(詩語)들은 여성적인 심성을 표현하고 있다. 이처럼 소월의 시가 여성적인 이미지를 띠고 있는 이유는 소월이 자라난 환경의 독특함에서 비롯되었다. 즉 가족과 고향이라는 공간적인 환경과 당시의 시대적 상황이라는 시간적인 환경의 영향 속에서 소월의 시는 그 특유의 여성성을 획득했던 것이다.

하지만 소월의 여성성은 단순히 연약함이나 소극성을 표출하고 있지는 않다. 오히려 그의 여성성은 당시의 암울한 시대상을 폭로하고 있는 적극적인 저항 의식의 은유적인 표현인 것이다. 당시의 식민지 시대는 일체의 합리주의가 마비되고 부조리한 비합리성이 지배하는 시대였다. 이 시기에 여성주의는 일제라는 남성 중심주의에 대결할 수 있는 유일한 방편이었다. 민족의 해방이라는 절대적이고 신성한 목적이 여성주의로 표상되었던 것이다. 따라서 소월의 여성스럽고 가냘픈 심성 안에는 비수를 품은 듯한 초승달의 날렵한 이미지가 숨어 있으며, 이러한 섬뜩한 분위기는 그의 시 전반에 걸쳐 나타나 있다.

소월의 시들은 낭만적이고 여성적인 감정으로 노래하는 서정성을 특징으로 하고 있지만, 그의 시 내면에는 식민지 지식인의 저항 정신이 스며들어 있다. 물론 그러한 성향은 이육사나, 윤동주의 시에서처럼 겉으로 드러난 것이 아니라, 내향적으로 응축되어 표현되고 있다. 소월의 시에서 여성성과 저항성은 같은 이미지를 공유하고 있는 것이다. 소월의 시들은 하나의 민족적 은어(隱語)로서 피압박 민족의 애수를 노래한 것이다. 따라서 소월의 시는 더 깊고 세밀한 차원에서 겨레에게 바쳐진 시라 할 수 있다. 그의 시혼(詩魂)은 그 어느 저항 시인보다도 조국의 아픈 현실을 뼈저리게 상심하였으며, 비통해했다. 외면적으로는 순수한 서정시지만, 그 내면에는 민족 의식과 저항의 면모가 숨어 흐르고 있는 것이다.

시대의 우울, 시(詩)의 세계로

소월(素月) 김정식(金廷湜)은 1902년 9월 7일(음력 8월 6일), 평안북도 구성군에 있던 외가에서 아버지 김성도와 어머니 장경숙의 장남으로 태어났다. 공주 김씨 가문의 장손이었던 소월은 100일이 지나자 평안북도 정주군에 있던 본가로 옮겨졌으며, 그곳에서 어린 시절은 물론 그의 대부분의 생애를 보냈다.

소월이 태어난 지 얼마 안 되어 러일 전쟁에 이긴 일본에 의해 식민 정치가 시작되고, 소월의 고향에도 그로 인한 암울한 시대가 닥치게 된다. 불행히도 그 암울한 시대의 첫 희생자는 소월의 아버지였으며 또한 소월 자신이기도 했다. 당시 21살의 젊은 청년이었던 아버지 김성도는 정주와 곽산 사이에 철도를 부설하던 일본인들에게 폭행을 당해 그만 그 후유증으로 정신 이상이 되고 말았던 것이다. 이 아버지의 아픔은 소월에게 있어서는 죽는 날까지 가슴에 사무치는 통한이 되었고, 당연히 그의 시세계에 암울한 그늘로써 영향을 끼치게 되었다. 그의 시가 드리우고 있는 정한과 비탄의 뿌리는 아버지의 아픔으로부터 비롯된 것이다.

소월은 7살 때인 1909년, 개화의 물결을 타고 집 근처에 새로 설립된 남산학교에 입학했다. 비록 새로 생긴 학교였지만, 이 학교는 여러 애국지사들과 연계를 갖고 있었으며, 이따금 그들의 강연도 있었던 민족학교 중의 하나였다.

소월은 1915년 13살 되는 해에 남산학교를 졸업하고, 그해 4월, 오산학교 중학부에 입학하기 위해 처음으로 고향집을 떠났다. 오산학교는 독립사상가인 이승훈이 설립한 중학교로서 당시 독립사상을 가르치는 민족학교로 이름 높았다. 소월은 당시 이승훈과 막역한 사이였던 할아버지의 권유에 의해 이 학교에 진학하게 되었다. 오산학교에 입학한 것은 소월에게 있어서 그의 미래의 생애를 결정하는 중요한 전기가 되었다. 즉 그는 이곳에서 그의 문학 스승인 안서(岸曙) 김억(金億)을 만나 본격적으로 시 창작에 열정을 쏟기 시작했던 것이다. 민요 시인이었던 김억은 소월에게 많은 영향을 끼쳤는데, 단순히 문학과 시에 대한 열정을 키워 주는 것뿐만 아니라, 소월의 시를 민족적인 한을 품은 민요적인 서정시로 형상화시키는데 결정적인 영향을 미쳤다. 소월은 오산학교 시절 김억의 지도로 본격적으로 문학과 시에 관심을 갖게 되었고, 그의 영향을 받으며 시를 쓰기 시작했다. 1920년대 초에 발표된 소월의 대부분의 시들은 이 시절에 씌어졌다고 한다.

1916년, 소월은 14살의 나이에 당시 구성군에 살던 홍단실이라는 여자와 결혼을 했다. 장손이었던 소월은 할아버지의 강권에 못 이겨 일찍 결혼을 했던 것이다. 소월은 당시의 풍습대로 신부의 얼굴이나 신상에 대해서 거의 모른 채 결혼을 했다. 신부는 소월보다 3살 연상이었는데, 본명은 홍상이었다. 그러나 소월에 의해 홍단실이라는 이름으로 개명을 하게 되었다. 소월은 비록 집안에서 맺어 준 것이었지만, 아내를 정성을 다해 지극히 아껴 주었고, 부부로서의 인연을 소중히 여겼다.

1919년 3·1 운동으로 오산학교가 일제의 탄압에 의해 강제로 폐교되자 소월은 졸업을 1년 앞둔 상황에서 그만 고향집으로 돌아와야 했다. 집에 돌아온 소월은 본격적으로 시 창작에 열중했다. 그는 스승인 김억을 집으로 모셔와 직접 지도를 받으며, 시세계를 넓혀갔다.

어둠을 밝히는 시인의 비상(飛上)

3·1 운동 이후 일제의 탄압이 잠시 완화되는 분위기를 타고 신문과 여러 문예지들이 창간되었다. 「조선일보」, 「동아일보」 등의 신문이 창간되었으며, 순문예지인 「창조」가 속간되었고, 이어서 「개벽」,

「장미촌」 등이 창간되었으며, 그후로도 계속해서 「백조」,「조선문단」 등 1920년대의 한국 문학의 르네상스를 주도할 문예지들이 잇달아 나타나게 되었다.

그리고 이런 문예지들의 창간과 함께 서구의 여러 다양한 문예사조들, 즉 이상주의, 자연주의, 낭만주의, 상징주의 등이 유입되었다. 또한 사회주의 문학 운동을 이끌던 김기진, 박영희 등을 중심으로 이른바 '카프(프로문학동맹)'가 결성되기도 했다. 이러한 문학의 부흥과 서구 사조의 유입 속에서 소월은 어느 한 부류에 휩쓸리지 않고 고향의 산천에 머물며, 자연 친화적이고 우리 민족의 전통적인 정서가 배어 있는 정한과 우수의 시세계를 구축하고 있었다. 그리고 스승 김억의 추천으로 드디어 시인으로 데뷔하게 된다.

소월은 1920년 3월, 「창조」 지 5호에 〈낭인(浪人)의 봄〉, 〈야(夜)의 우적(雨滴)〉, 〈오과(午過)의 읍(泣)〉, 〈그리워〉, 〈춘강(春崗)〉 등을 발표했다. 이 시들은 당시 크게 주목을 받지는 못했으나, 이미 이때에 소월의 시들은 절정의 경지에 이르러 있었다. 소월은 자신의 시세계를 더 넓은 곳에서 펼치고 싶었다.

1922년, 20살의 나이로 서울에 있는 배재고보에 편입하기 위해 고향을 떠났다. 서울에 온 소월은 그 동안 가슴 속에만 간직하고 있던 자신의 시들을 세상에 풀어 놓았다. 그는 〈엄마야 누나야〉, 〈바람과 봄〉, 〈봄밤〉, 〈진달래꽃〉, 〈먼 후일(後日)〉, 〈금잔디〉 등 그의 대표작이자 주옥 같은 명시들을 「개벽」 지에 발표했다. 그이 시들은 문단과 독자들로부터 열렬한 찬사와 환영을 받았으며, 무명이었던 소월은 일약 최고의 민요 시인으로 평가를 받게 되었다. 특히 소월의 대표적인 시이자 우리 시문학사의 영원한 절창(絶唱)인 〈진달래꽃〉은 삭

막하고 암울한 시대에 황홀한 감동과 울림으로 받아들여졌다. 하염 없이 흐르는 눈물과 핏빛으로 뿌려지는 진달래꽃을 통해 만남에의 그리움과 그 속에 내재된 이별의 아픔을 절절하게 그려 낸 〈진달래 꽃〉은 피어남과 떨어짐, 만남과 헤어짐, 태어남과 죽음이 서로 대립 되는 것이 아니라 친화적으로 공존한다는 우리 민족의 고유한 정서 를 절묘하게 표출한 작품이다.

그는 여러 문인들과 교우 관계를 가지며 계속해서 좋은 시들을 발 표했다. 1922년 한 해 동안 그가 서울에 머물면서 「개벽」지에 발표 한 시는 40여 편이 넘었다. 소월은 자신의 문학적 열망을 채우기 위 해 더 큰 세계를 원했다. 그는 배재고보를 졸업하자 동경 유학을 결 심했다. 결국 1923년, 그는 현해탄을 건너 일본에 갔으며 동경 상대 예과에 입학했다. 한창 시 창작에 열중했던 그가 왜 상대에 진학했 는지에 대해서는 명확한 이야기가 전해지지 않고 있다. 다만, 이재 (理財)에 밝았던 할아버지의 영향 때문이거나 또는 시인으로서는 현 실적인 생활이 힘들 것이라는 그 자신의 생각 때문일 것이라고 추측 할 수 있을 뿐이다.

어쨌든 소월은 커다란 꿈을 키우며 동경에서 유학 생활을 하게 되 었다. 그러나 이 유학 생활은 뜻하지 않은 천재지변으로 인해 몇 달 만에 끝나고 말았다. 그해 9월, 관동 대지진이 일어났던 것이다.

시대의 절창(絕唱), 《진달래꽃》

고향으로 돌아온 소월은 할아버지의 간곡한 설득으로 고향집에 머물면서 잠시 할아버지의 사업을 도왔다. 그러나 이때도 소월의 시 작(詩作)은 멈추지 않아 〈님의 노래〉, 〈옛 이야기〉, 〈못 잊어 생각이

나겠지요〉, 〈왕십리〉, 〈가는 길〉 등의 시를 「개벽」과 「신천지」 등에
발표했다.

고향에 머무는 동안 소월은 일본 경찰로부터 요시찰 인물로 분류
되어 감시를 받았다. 이유는 그가 동경 유학생이라는 점 때문이었다.
그는 수시로 일본 경찰의 호출을 받고 근거 없는 협박과 회유를 당
했다. 당연히 고향에 있으면서 소월의 마음은 편하지 못했다. 그는
고향이라는 갑갑한 현실의 세계에서 벗어나고 싶었다. 그런 연유는
단지 일본 경찰의 감시 때문이었다.

이 무렵 발표된 시 중의 하나인 〈길〉에서 소월은 정신적으로 방황
하며 현실에 뿌리를 내리지 못하는 자신의 심정을 잘 묘사하고 있
다. 식민지의 소시민이며 무력한 지식인이었던 그의 방황하는 내면
풍경이 투명하게 반영되어 있는 이 시에서, 그는 공중에 나는 기러
기를 통해 자유롭게 비상하고 싶은 자신의 갈망을 드러내고 있다.
길 막힌 현실과 실존적 위기감이 잘 표출된 이 시는 당시 소월이 처
한 상황이 얼마나 갑갑했는가를 절실히 보여 준다.

소월은 더 이상 고향집에 머물러 있을 수 없었다. 그는 고향집을
팔아 버리고, 아내의 처가가 있는 산골 마을인 구성군 평지동에 집
과 토지를 사서 정착했다. 당시 점점 침울해지기만 하는 소월의 상
태를 걱정하던 가족들은 그의 결정에 아무도 나서서 반대를 하지 않
았다. 이때 그의 장남인 준호가 태어났다. 이곳 산골에서 소월은 거
의 은거하다시피 지내면서 오로지 시작에만 전념했다. 그는 김동인,
김찬영, 임상화 능과 함께 「영대」지의 동인이 되었는데, 이 문예지
에 그의 대표적 명시의 하나인 〈산유화〉를 비롯해 〈생(生)과 사
(死)〉, 〈항전애창(巷傳哀唱) 명주 딸기〉 등을 발표했다.

이어서 그는 주위의 권고에 따라 127편의 시를 모아 「매문사(賣文社)」라는 출판사를 통해 그의 첫 시집인 《진달래 꽃》(1925년)을 펴냈다. 이 시집의 반응은 실로 대단해서, 소월은 당대 최고의 서정 시인으로 확고하게 인정받게 되었다.

속악한 현실을 떠나 시혼(詩魂)의 세계로

하지만 이후 소월의 현실적인 인생은 그가 시에서 얻은 찬란한 영광과는 거리가 먼 쓸쓸하고 절망어린 그늘에 뒤덮이게 된다.

소월은 거의 2년 여 동안을 조용한 산골 마을에서 시작에만 전념하다가 다시 집과 전답을 팔아 구성군의 남시(南市)로 나와서 동아일보 지국을 개설, 운영했다. 소월은 이제 네 아이의 아버지가 되어 있었으며, 더 이상 자신의 시(詩)만을 위해 살 수는 없었다. 소월은 보다 안정적인 생계 수단이 필요했고, 신문 지국은 바로 그러한 연유에서 시작하게 된 것이었다. 그러나 소월이 처음 시작한 사업은 생각했던 것보다 훨씬 힘들었다. 신문 지국은 지금의 신문 보급소라 할 수 있었는데, 소월은 직접 신문을 돌리고 수금까지 해야 했다. 내향적인 성격의 시인에게는 만만한 일이 아니었다. 그리고 신문 지국이라는 사업은 전혀 수익성이 없었다. 계속해서 지출은 들었고 수입은 거의 없었다. 가계는 점점 기울어져 갔고, 소월은 의욕을 갖고 처음 시도한 사업이 뜻대로 되지 않자 세상 모든 일에 대해 더욱 비관적인 태도를 갖게 되었다. 그는 술로 현실의 절망을 잊고자 했으나 술로써 해결될 일이 아니었다. 그는 더 이상 신문 지국을 운영해 나갈 수 없었고 결국 문을 닫고 말았다.

소월이 사업을 시작한 때부터 그가 자살한 1934년까지 9년여 동안 소월은 사업과 그 실패로 인한 정신적 후유증으로 인해 시 창작에 전념하지 못했다. 물론 〈잠〉, 〈첫 눈〉, 〈둥근 해〉, 〈저녁〉 등의 시를 「조선문단」 지에, 그리고 〈길차부〉, 〈단장(斷章)〉 등의 시를 「문예공론」 지에 발표하여 꾸준히 시를 쓰기는 했지만, 이 시기의 시들은 소월이 1920년대 초기에 발표한 시들에 비해 그 긴장도와 미학이 떨어진다. 이 시기에 씌어진 시들은 소월의 자아와 세계간의 불안한 긴장 관계를 담고 있는 시들이 많다. 즉 방황과 절망과 고통 등의 어두운 심상들이 더욱 심화되어 나타나 있다. 그것은 당시에 처한 삶의 현실이 얼마나 절망적이었는가를 보여 주는 것이다. 특히 소월이 자살한 해에 씌어진 시들 〈고락(苦樂)〉, 〈상쾌한 아침〉, 그리고 그의 유고시라 할 수 있는 〈삼수갑산(三水甲山)〉 등에는 극심한 절망에 빠진 소월의 절절한 내면 풍경이 잘 드러나 있다.

별다른 문학적 행적이 보이지 않는 이 시절의 소월의 삶에 대해서는 특별한 기록이 남아 있지 않다. 다만 그는 사업의 실패로 인한 좌절과 경제적 어려움 속에서 헤어나지 못하고 매일매일 술을 마시며 자학과 절망의 나락으로 빠져들었다는 사실뿐이다. 물론 이 시절 소월의 절망감의 배후에는 단순히 사업의 실패로 인한 것뿐만 아니라 아버지와 관련해 어린 시절 때부터 느껴온 가족적 슬픔, 식민지 지식인의 민족적 자괴감, 그리고 더 나은 시를 써야 한다는 문학적 부담감 등이 얽혀 있었을 것이다. 소월에게는 평생 생명이며 구원으로서의 시였지만, 이 시기의 그에게는 시도 도움이 되지 못했다. 소월은 매일 숨음을 숨부었고, 결국 32살이라는 아까운 나이에 그 한서린 삶을 스스로 중단하고 말았다. 1934년 12월 23일 밤, 김소월은 아편을 먹고 자살했던 것이다. 속악한 현실을 떠나 초월적인 시혼(詩魂)의 세계로 갔던 것이다.

정한(情恨)과 향수(鄕愁)의 시세계

애틋한 한(恨)의 정서를 서정적으로 표현한 소월의 시는 당대의 어느 시인의 작품보다 오늘날 많은 독자들로부터 사랑을 받고 있다. 소월의 시가 대중적으로 사랑받는 이유는 작품의 소재가 민중과 함께 공감할 수 있는 내용이었기 때문이다. 소월은 민중적인 정서에 단순한 낭만이나 서정이 아닌 시대의 아픔을 내면적으로 담아 표현했던 것이다. 그의 시의 애처로운 울림은 한국 민중의 한서린 공동 체험과 근원적으로 맞닿아 있는 것이다.

소월의 유명한 작품인 〈초혼(招魂)〉은 그러한 점을 가장 잘 드러내 주고 있다. 절절한 정한의 세계와 열렬한 격정의 세계가 융합되어 있는 이 시는 '산산이 부서진' 핍박 민족의 운명을 매우 안타깝게 표현하고 있다.

이처럼 소월 시 전체를 지배하고 있는 개인적인 좌절과 슬픔은 당시의 시대적 상황과 무관한 것이 아니다. 소월의 사상이 구체적으로 표현된 그의 유일한 소설인 〈함박눈〉에서는 그러한 점이 더욱 여실히 드러나 있다. 이 작품은 독립 운동을 하는 남편과 그를 돕기 위해 아기를 남겨 두고 떠나는 여인의 모습을 통해 독립 운동을 위해서는 사(私)를 버리고 공(公)에 우선해야 한다는 민족적 사명을 설득력 있게 보여 준다.

소월의 시상(詩想)은 우리 민족의 전통적인 정서와 밀접한 관계를 갖고 있다. 소월 시의 소재는 대부분이 민중의 정서나 혹은 과거의 역사 속에서 찾을 수 있다. 특히 그중에서도 이별의 정서가 큰 부분을 차지하고 있다. 소월은 결코 일반 민중의 삶에서 동떨어진 시인이 아니었다. 그는 항상 민중의 삶을 이해하고 그들의 이야기를 하고자 노력했다. 그는 전통적인 정서와 민요적인 형식을 통해 노래함으로써 더욱 민중의 삶에 가까이 가고자 했던 것이다. 그런 의미에서 그의 시는 우리 민족의 낭만이며 슬픔이며 감정인 것이다. 애수와 무상(無常)을 간직하고 있는 소월의 시는 우리 민족의 혈관을 흐르는 조용한 인정(人情)이며, 꿈이며, 눈물이며, 순수이다.

소월은 향수(鄕愁)의 시인이요, 유랑(流浪)의 시인이다. 그는 영원히 찾아갈 수 없는 멀고 험한 저쪽 공간의 세계, 그리고 다시 돌이킬 수 없이 요원한 과거로 밀려가는 지나간 시간에 집착하고 허우적거린, 영원히 회복할 수 없는 향수병의 환자였다. 소월의 향수는 현실에 대한 회한(悔恨)이며 자탄이었다. 이러한 회한과 자탄은 과거로 집착되며, 과거에 대한 집착은 내면화되어 두려움을 유발하고, 그것은 소월에게 불안과 파멸로 다가왔던 것이다. 그의 시에서 느껴지는 슬픔과 한은 바로 그러한 것들에서 연유한다.

구원과 생명으로서의 시(詩)

소월의 시에서 느껴지는 슬픔과 한의 감정에는 삶과 죽음이라는 인간의 근원적인 조건들이 굴절된 형태로 변형되어 드러나 있다. 1920년대는 구시대 이념과 가치관이 급격하게 몰락하던 역사적 전환기였다. 소월의 실존적 죽음에 대한 인식은 개인과 전체의 삶이 극단적으로 단절된 상황, 즉 식민지 현실에 기인한다. 소월은 전체주의의 삶을 위해 개인의 이념적인 실현이 거부당하는 시대 속에서 자아를 상실한 채 살았다. 그의 대표적인 시 〈초혼(招魂)〉은 자아와 현실의 극단적인 분열로 인해 삶이 죽음에 부딪쳐 산산이 부서지는 시혼의 모습을 가슴 저미게 보여 주고 있다.

소월의 시에 나타나는 죽음의 이미지는 단순한 절망의 표현이 아니다. 그의 죽음 의식 속에는 민족의 감정이 담겨 있다. 현실의 상황에서 벗어나고자 하는 처절한 몸짓이었던 것이다. 그의 죽음은 현실의 죽음이 아니었다. 그는 이미 죽어 있는 과거의 님의 무덤가에 기대어 그가 살았던 과거를 그리워하며 그 속으로 빠져들고자 했다. 소월의 죽음 의식은 항상 과거의 님을 향하여 줄달음질치는 의식이며, 이러한 그의 행위는 수단적인 면에 있어서는 죽음이지만, 보다 깊은 곳을 찾는 그 죽음은 보다 짙은 삶을 향한 간절한 소망이었던 것이다. 죽음으로써 진정한 삶의 모습을 되찾고자 했던 것이다. 즉, 그에게 죽음은 절망이 아닌 생명이요 구원이었던 것이다.

소월의 시는 결코 단순한 여성적 감정의 낭만적 표현이 아니다. 그의 시는 여성성은 우리의 고유한 정서에 스며 있는 한의 모습이었으며, 또한 우리 민족의 전통적인 의식과 그 맥을 같이 하고 있다. 즉, 여성성은 내면적인 저항의 한 방식으로, 저항 의식은 일제에 대한 민족 정신의 모습으로, 죽음 의식은 왜곡적 현실의 강박관념을 벗어나고자 한 절절한 몸짓으로 표출되었던 것이다. 그는 우리 민족의 전통적 정서를 고스란히 간직하고 있는 여성을 내세워, 민중의 가냘픈 심성 깊숙이 스며들어 함께 흐느끼고 함께 분노를 느끼며, 격분을 눈물로, 눈물을 죽음으로, 그 죽음을 또 다른 삶의 세계로 이끌어 낸 민족의 시인이었다.

소월의 시는 민족의 가슴 속에 파고들어 영원한 노래로 불려지게 될 것이다.

김소월 연보

1902년 8월 6일, 평안북도 구성군 외가에서 아버지 김성도와 어머니 장
경숙의 장남으로 태어남. 100일 후, 평안북도 정주군에 있던 본가
로 옮겨져, 그곳에서 어린 시절은 물론 그의 대부분의 생애를 보
냄. 본명은 김정식(金廷湜).

1904년(2세) 아버지가 정주와 곽산 사이에 철도를 부설하던 일본인들
에게 폭행을 당해, 정신 이상이 됨. 아버지의 아픔은 소월에게 있
어서는 죽는 날까지 가슴에 사무치는 통한이 되었고, 당연히 그
의 시세계(詩世界)에 암울한 그늘로써 영향을 끼치게 됨.

1909년(7세) 사립 남산학교(南山學校)에 입학함.

1913년(11세) 장질부사를 앓음.

1915년(13세) 남산학교를 졸업하고, 오산학교에 입학함. 당시 교사로 있
던 민요 시인 안서(岸曙) 김억(金億)의 영향으로 시를 쓰기 시작
함. 김억은 소월에게 많은 영향을 끼쳤는데, 단순히 문학과 시에
내한 열정을 키워 주는 것뿐만 아니라, 소월의 시를 민족석인 한
을 품은 민요적인 서정시로 형상화시키는데 결정적인 영향을 끼
침.

1916년(14세) 3살 연상인 홍단실(洪丹實)과 결혼을 함.

1919년(17세) 3·1 운동으로 오산학교가 일제의 탄압에 의해 강제로 폐교됨. 졸업을 1년 앞둔 상황에서 졸업예정자로서 졸업장을 받음. 장녀 구생(龜生) 태어남. 본격적으로 시 창작에 열중함.

1920년(18세) 3월, 김억의 추천으로 「창조」지 5호에 〈낭인(浪人)의 봄〉, 〈야(夜)의 우적(雨滴)〉, 〈오과(午過)의 읍(泣)〉, 〈그리워〉, 〈춘강(春崗)〉 등을 발표하며 시인으로 데뷔함. 차녀 구원(龜源) 태어남.

1921년(19세) 〈봄밤〉, 〈바람과 봄〉, 〈붉은 조수(朝水)〉, 〈황촉불〉, 〈구면(舊面)〉, 〈둥근 해〉, 〈하늘〉, 〈꿈〉, 〈바다〉 등의 시를 「동아일보」에 발표함.

1922년(20세) 배재고보 5학년에 편입함. 〈엄마야 누나야〉, 〈제비〉, 〈열락(悅樂)〉, 〈오는 봄〉, 〈진달래꽃〉, 〈먼 후일(後日)〉, 〈금잔디〉 등 그의 대표작이자 주옥 같은 명시들을 「개벽」지에 발표함. 문단과 독자들로부터 열렬한 찬사와 환영을 받음. 10월, 유일한 소설인 〈함박눈〉을 「개벽」 28호에 발표함.

1923년(21세) 배재고보를 졸업함. 일본으로 가서 동경 상대(東京商大)에 입학함. 9월, 관동 대지진으로 귀국. 〈님의 노래〉, 〈옛 이야기〉, 〈예전엔 미처 몰랐어요〉, 〈가는 길〉, 〈산〉 등의 시를 「개벽」에 〈구름〉, 〈왕십리〉 등을 「신천지」에 발표함.

1924년(21세) 고향으로 돌아와 잠시 할아버지의 사업을 도움. 장남인 준호(俊鎬) 태어남. 김동인, 김찬영, 임장화(林長和) 등과 함께 「영대」지의 동인이 됨. 이 문예지에 그의 대표적 명시의 하나인 〈산유화〉를 비롯해 〈생(生)과 사(死)〉, 〈항전애창(巷傳哀唱) 명주 딸기〉 등을 발표함.

1925년(23세) 127편의 시를 모아 첫 시집인 《진달래꽃》을 간행함. 이 시
　　　　집의 반응은 실로 대단해서, 소월은 당대 최고의 서정 시인으로
　　　　확고하게 인정받게 됨. 〈배〉, 〈옷과 밥과 자유〉, 〈남의 나라 땅〉,
　　　　〈천리 만리(千里萬里)〉, 〈만리성(萬里城)〉, 〈벗마을〉 등을 「동아
　　　　일보」에, 〈신앙(信仰)〉, 〈저녁때〉 등의 시와 그의 유명한 시론인
　　　　〈시혼(詩魂)〉을 「개벽」에, 〈그 사람에게〉, 〈불탄 자리〉, 〈빗소리〉
　　　　등을 「조선문단」에, 〈길〉, 〈눈〉, 〈동경(憧憬)하는 애인(愛人)〉, 〈사
　　　　랑의 선물〉 등을 「문명」에 발표함.

1926년(24세) 구성군 남시에 동아일보 지국을 개설, 운영함. 차남 은호
　　　　(殷鎬) 태어남. 〈잠〉, 〈첫 눈〉, 〈둥근 해〉, 〈바닷가의 밤〉, 〈저녁〉 등
　　　　의 시를 「조선문단」 지에 발표함.

1929년(27세) 시 〈저급(低級) 생활〉을 「문예공론」에 발표했으나, 일제의
　　　　검열로 일부분이 삭제당한 채 실림. 산문시(散文詩) 〈길차부〉,
　　　　〈단장(斷章)〉 등을 「문예공론」에 발표함.

1932년(30세) 삼남 정호(正鎬) 태어남.

1934년(32세) 고향에 성묘를 갔다 옴. 12월 23일 밤, 아편을 먹고 자살함.
　　　　죽기 얼마 전까지 많은 시를 발표함. 「삼천리」 53호 8월호에 〈생
　　　　과 돈과 사〉를 비롯해 〈제이·엠·에스〉, 〈돈타령〉 등의 시와 〈송
　　　　원이사안서(送元二使安西)〉, 〈이주가(伊州歌)〉, 〈장우행(長于行)〉
　　　　등의 역시(譯詩)를 발표함. 서간인 〈파인(巴人) 김동환님에게〉와
　　　　〈안서(岸曙) 김억 선생님에게〉를 「삼천리」 10월호에 발표함. 그
　　　　리고 「삼천리」 56호 11월호에 〈고향〉, 〈기분 전환〉, 〈소원〉, 〈건강
　　　　한 잠〉, 〈상쾌한 아침〉, 〈기회〉, 〈고락(苦樂)〉, 〈의(義)와 정의심〉
　　　　등을 발표함. 특히 서간 〈안서 김억 선생님에게〉와 11월에 「신인

문학」에 발표한 시 〈삼수갑산(三水甲山) - 차안서삼수갑산운
(次岸曙三水甲山韻)〉에는 죽음을 결심한 소월의 절절한 내면 풍
경이 나타나 있음.

1935년   「신동아」 2월호에 〈김소월 씨 행장(行狀)〉과 〈김소월 조시(弔
詩)〉가 게재됨.

1939년   소월의 스승인 김억이 엮은 《소월시집》이 「박문서관」에서 간
행됨. 이 시집에는 시 80편과 시론 1편이 수록되어 있음.

김소월 초상화

산유화

산에는 꽃 피네
꽃이 피네
갈 봄 여름 없이
꽃이 피네

산에
산에
피는 꽃은
저만치 혼자서 피어 있네

산에서 우는 작은 새요
꽃이 좋아
산에서
사노라네

산에는 꽃 지네
꽃이 지네
갈 봄 여름 없이
꽃이 지네

김소월 시비(詩碑)
서울 남산공원에 있다.